I0557138

LA MADEJA

Primera Edición

AUTOR Y DISEÑADOR GRÁFICO:

ELDER J. RODRÍGUEZ

EDICIÓN:

JESÚS RODRÍGUEZ

www.dreamman.us

ISBN 978-0-9888147-5-2

ÍNDICE

PRÓLOGO

Desde que el ser humano fue sembrado en esta tierra los sueños han formado una parte virtual de nuestro ser. Experimentamos emociones inexplicables: viajes a remotos mundos de parajes inimaginables, conversaciones con personas que ya no se encuentran entre nosotros, haciéndonos dudar si ha sido real; hasta apariciones del propio Dios orientándonos hacia nuestros legados. Esta historia de ciencia ficción nace de un sueño. Las palabras escritas en ella surgen tras una noche de julio del 2012 cuando al despertar sentí la necesidad de escribirla. Moldee las ideas para darle forma a mi primera novela que está pensada en ustedes los lectores que gustan del entretenimiento, la ciencia ficción, el romance, la acción, las aventuras, los temas médicos y policíacos. Sin más los invito a disfrutar de "La Madeja" tanto como yo lo he hecho. Una historia que me ha cautivado por algunos meses y muestra un ángulo diferente de observación al gran enigma que todavía constituyen los sueños.

DEDICATORIA

Dedico a Dios el apoyo en esta difícil empresa de producir pensamientos, los cuales fluyen a través de las coordinaciones neuromusculares para ser traducidos en los caracteres que serán leídos.

"Yo no sueño en la noche, sueño todos los días, yo sueño para vivir".

Steven Allan Spielberg.

AGRADECIMIENTOS

A mi esposa por la paciencia que nunca rebosa durante estos años. A mis hijos que llenan mis espacios más intrincados aún en la distancia. A mi Padre por su ayuda en el trabajo engorroso de la edición. A mi madre y demás miembros de la extensa familia que llevo en mi corazón y no los olvido. A mis amigos y enemigos por hacer que me esfuerce cada día más y a todas aquellas personas que de alguna manera contribuyeron al desarrollo de esta novela.

PERSONAJES

Danny López: Protagonista.

Sofía: Madre de Danny.

Pedro Pablo: Amigo de Danny.

Dr. Oscar Velutti: Jefe de Psiquiatría.

Dra. Kelly Méndez: Oftalmóloga.

Ivón: Enfermera de Psiquiatría.

Alex Sullivan: Investigador de Homicidios.

Dr. Cohen: Patólogo forense.

Patrick Foss: Paciente de Psiquiatría en la estación No.1

Luis Sosa: (Periquito) Paciente de Psiquiatría en la estación No.2

Max Leroy: Paciente de Psiquiatría en la estación No.3

Albert González: Guardia de seguridad de Psiquiatría.

Dr. David Serrano: Oftalmólogo.

Nick: Niño vecino de Kelly.

.

LO INEVITABLE

Capítulo 1

$\mathcal{D}$anny pensando en su habitación…

"Presiento que el mundo nos comienza a reconocer. Otros como yo hemos dejado de ser un estorbo y darle trabajo a ciertas personas. Hoy puedo decir que esos mismos que nos han mirado como bichos por el simple hecho de ver menos que los demás, nos necesitan más que al aire que respiran".

Haciendo una pausa, continúa: *"Ya voy a dormir, já, já. A dormir…, si se le puede llamar así"*, exclama ahora con voz firme burlándose de la frase; reconociendo que no todo lo que ha dicho es totalmente cierto.

"Ya tengo 30 años", afirma oprimiendo un pequeño botón de su reloj parlanchín. Éste con voz digital muy femenina y dulce dice: *"¡Son las doce y cinco de la mañana!"*. La sensación de impotencia que le hacía morderse los labios a diario por no poder ver más allá de sus narices ha desaparecido. Ya no se molesta por sufrir de desorientación y angustia, por no saber dónde está, ni quien se encuentra a su lado; ya no, ya no más…

El silencio de la habitación lo envuelve lentamente haciéndolo enredarse entre las sábanas, atándole de manos y pies. Dejando que el cuerpo cada vez se torne más pesado, cayendo lentamente en un profundo letargo.

6 años antes en un una escuela de medicina de la ciudad de Miami, Florida, Estados Unidos de América.

"¡Danny…, Dannyyy…!". La profesora molesta llama a Danny varias veces, aumentando el tono de la voz.

Danny reaccionando con un salto, siente que su corazón late descontroladamente.

Danny: *"¡Perdone Doctora Williams!"*, trata de justificar su falta de atención a la clase de Neuro Anatomía, la cual debe recibir mientras rota por la especialidad de cirugía; en aras de graduarse como médico en un año más.

Danny: *"¡Yo… estaba…!"*, la frase es interrumpida.

Profesora: *"¡Si no le interesa esta clase de Neuro Anatomía puede marcharse del salón, estoy segura que sus compañeros no notarán su ausencia!"*.

Avergonzado frente a sus compañeros baja la cabeza y con una seña elevando la ceja izquierda le deja saber a la profesora que puede continuar su lección.

En verdad esa mañana no se sentía igual. Al despertar y durante el día ha tenido la sensación de no ver bien las cosas. Su agudeza visual ha disminuido y ha notado que tiene que cerrar un poco los párpados para poder enfocar mejor. Pero… pensándolo bien, desde hace ya alrededor de un mes que le viene sucediendo paulatinamente y no se había percatado del todo.

Su visión siempre ha sido buena. Como dice siempre su Madre… *"¡Tienes veinte-veinte!"*, lo que en el lenguaje de la Optometría sería traducido como una excelente visión. Danny piensa que al terminar las clases podría pasar por la consulta de la doctora que le impartió el curso de Oftalmología: *"Así tendré la excusa perfecta para verla nuevamente"*, piensa dejando escapar una media sonrisa.

Esa tarde en el piso de Oftalmología del hospital, como siempre la gente deambula alocadamente por los pasillos. El murmullo continuo de las personas es desesperante, mientras piensa para sí: *"¡Quién me iba a decir que terminaría interesándome por la medicina, a mí que nunca me han gustado los hospitales! Bueno…, todo depende desde el ángulo que se observe; Si es desde el lado médico siendo yo el galeno o desde el del paciente, teniendo que ser pinchado por las agujas"*. Ríe interiormente deteniéndose frente a la puerta de madera blanca. En los cristales se lee el nombre: *"Dra. K. Méndez"*.

Golpea la puerta suavemente dos veces como es costumbre entre el personal médico y entra en el salón. En su interior bien perfumado se aprecian cuadros de colores brillantes, apacibles, que armonizan con los asientos bien organizados de color beige. Todos alrededor de una mesa de centro de metal muy moderna. Sobre la misma yacen algunas revistas para entretener a los impacientes pacientes, *"¡Qué ironía!, ¿No…?"*. En esta ocasión la sala de espera está vacía, el día de trabajo al parecer ya ha culminado.

Danny: *"¡Creo que he llegado tarde!"*, piensa mientras se lleva una mano a la nuca. Decidiéndose a tocar en la puerta del salón de reconocimiento, una tierna voz de mujer le contesta desde dentro: *"¡Adelante!"*. Y allí está… despidiendo a una paciente, provocando que se suelten las riendas de sus glándulas suprarrenales; inyectando adrenalina a chorros en el torrente sanguíneo.

Dra. Méndez: *"No deje de ponerse las gotas tres veces al día, es muy importante para su recuperación"*, le dice la doctora mientras pone sus blancas y delgadas manos sobre las de la paciente.

Paciente: *"¡Así lo haré Doctora Méndez, seguiré sus instrucciones al pie de la letra!"*, asintiendo con la cabeza, la paciente se retira cerrando la puerta.

La doctora se voltea hacia Danny preguntando con voz dudosa…

Dra. Méndez: *"¿Usted es estudiante de…?"*, él le interrumpe de inmediato.

Danny: *"De 5to año, usted me impartió clases de Oftalmología el semestre pasado"*, aprovecha la ocasión para extenderle la mano. *"Ella acaricia todo su cuerpo con la suya al*

6

hacer contacto. *¡Al final toda la piel se comunica!, ¿No?"*, piensa a la velocidad de un rayo mientras se derrite por dentro, continúa pensando: *"Su piel es suave y blanca como el algodón. Seguramente ha notado la dilatación de mis pupilas y lo sudada que tengo la mano, pero me tiene sin cuidado".*

La Dra. Méndez tiene 28 años. A su edad ya es especialista y profesora de la universidad, cosa que habla muy bien de su inteligencia.

Danny continúa pensando: *"No me incomodaría que fuese mayor que yo si me hiciera caso, al final cuatro años de diferencia no es mucho".* Los ojos almendrados donde se recreaba en cada clase suya estaban frente a sí. Todavía no se explica cómo no había venido a su consultorio antes. Su cabello es largo, negro como azabache y muy ondulado. *"me gustaría tener cientos de dedos y ensortijar cada uno en esos anillos de cabello y..."*

Dra. Méndez: *"¡Eh!, ¿Y usted es...?"*, pregunta sonriente al verlo muy concentrado.

"¡Danny, Doctora Méndez!", le responde casi al instante: *"¡Danny López!".*

Dra. Méndez: *"¡Oh sí..., ahora lo recuerdo bien, prestaba mucha atención en clase, yo diría que a veces exageraba...!"*, exclama en tono de reclamo.

Danny: *"Sí..., es que me interesa mucho la Oftalmología"*, le responde avergonzado y seguramente con las mejillas en llamas.

Dra. Méndez: *"¡No se preocupe, de igual forma me da gusto volverle a ver!, ¿En qué puedo ayudarle Danny?".*

A Danny le ha gustado que le llame por su nombre, le hace sentir que puede decirle cualquier cosa y se anima a contarle que desde la mañana no podía observar bien las cosas, que veía algo borroso y que esforzaba la visión desde hace más o menos un mes.

Dra. Méndez: *"Danny, aunque es un poco tarde y tengo otros pendientes que debo atender, aún cuento con unos minutos para hacerle un examen de rutina. Siéntese aquí cómodamente y relájese, mientras yo hecho un vistazo a sus ojos; no tardaré mucho".*

Sin parpadear ni una sola vez cae en el sillón de reconocimiento. Esto le causa risa al darse cuenta de su torpeza. Al atenuar la luz de la habitación siente que su respiración se agita, luego ella se sienta junto a él, diciendo: *"¿Puede decirme las letras que ve en la pantalla?".* Danny sigue sus instrucciones a duras penas. Primeramente porque no puede distinguirlas con claridad debido a su falta de visión y la segunda razón, pues es muy obvia; sus sentidos están más que distraídos con su presencia.

Dra. Méndez: *"Voy a hacerle un fondo de ojo, así que tendré que dilatarle las pupilas".*

Danny: *"¡Sí doctora, haga lo que tenga que hacer!"*, le dice mientras piensa: *"¿Más de lo que las tengo?, al menos resultaría un alivio esconder un poco el interés hacia ella reflejado en el diámetro de las pupilas".*

La Dra. Méndez continúa diciendo: *"Así podré ver el estado de sus retinas. El efecto de este medicamento le durará unas horas, ¿Está bien?".*

Danny: *"¡Por supuesto, lo que usted diga doctora!"*, exclama aceptando, así hubiese pedido que se tirase de cabezas.

Danny puede sentir la ardiente respiración sobre sus mejillas durante el procedimiento, sin importarle la luz brillante que penetra sus ojos. Piensa que quedaría muy pequeña la comparación si lo asociara con cálidos vientos paradisíacos que le bañan el rostro, los cuales provocan efervescencia incrementando la espuma de la cerveza que se derrama sobre la jarra helada. Que más podría pedir... después de un tiempo en los brazos de Afrodita, descubre nuevamente que su corazón palpita desenfrenado por esa mujer.

La luz de la sala de reconocimiento se enciende y con los ojos mas rasgados que un asiático, puede contemplar la cara pensativa que la doctora le ofrece.

Dra. Méndez: *"Tengo que practicarle otros exámenes, ¡por lo que vi...!"*, se detiene por un instante, continuando luego: *"¿Puede venir mañana a las 8:00 am?, me gustaría hacer unas fotografías más detalladas de sus retinas antes de poder darle un diagnóstico"*, le pregunta con mucha imposición. Él no deja de reconocer que le ha impactado bastante su expresión.

No se atreve a preguntar más, decide esperar a que le diga lo que está pasando una vez que concluyan los exámenes y tenga todos los datos en sus manos.

Danny: *"¡Está bien doctora, aquí estaré sin falta!"*, le echa un vistazo por última vez con mucha cautela antes de salir, agradeciéndole el tiempo empleado para consigo; ofreciéndole nuevamente la mano. No cabe duda que el ser humano es inconforme, ya la había visto, tocado y hablado con ella; pero sigue aferrado a su imagen hasta el último segundo posible. Sale de la habitación contento porque tendría la oportunidad de verla nuevamente al siguiente día, así que emprende el camino a casa.

Decidido a no contarle nada a su madre, piensa que la preocuparía demasiado y en su estado no cree que sería conveniente. Sufre depresiones con mucha frecuencia desde que su padre los abandonó hace ya unos años. A decir verdad no le gustaría añadir más leña al fuego. Sacando las llaves de su nada lujoso huevito *"VW"*, de los antiguos, pone el motor en marcha dirigiéndose hacia la autopista.

Del otro lado del Hospital...

En el ala norte del hospital destinada a Psiquiatría, varios médicos valoran el posible éxito de una terapia innovadora; destinada a la cura de trastornos del sueño en pacientes con alto índice de agresividad y esquizofrenia. El salón está concurrido con la presencia de varios científicos, expertos en el campo de la terapéutica psiquiátrica y en especial con pacientes que presentan trastornos durante el sueño.

Abre el debate un colega: *"Dr. Velutti, quisiera que explicase en qué consiste su teoría en cuestión y cómo sería el procedimiento a seguir"*.

"¡Muchas Gracias Doctor!", exclama el Dr. Velutti, continuando: *"Colegas del Instituto médico Psiquiátrico, están a punto de presenciar en esta sala de terapia, un revolucionario tratamiento en pacientes esquizofrénicos. Ellos, bajo las leyes y respectivos documentos legales ya firmados por sus representantes, serán sometidos al procedimiento para tratar las conductas agresivas y los trastornos del sueño que padecen los mismos"*.

"Dr. Velutti", impaciente otro colega argumenta: *"Otros medicamentos se han utilizado en este tipo de pacientes y los resultados no han sido los mejores. Al final, los pacientes vuelven a su estado original en poco tiempo e incluso incrementan su agresividad en muchos casos"*.

El Dr. Velutti observa atentamente lo que explica su colega mientras frota sus dedos. Es un hombre de unos 54 años, de escaso cabello canoso, estatura mediana y lentes redondos. Es el típico científico de grandes entradas frontales, ligeramente descuidado en cuanto a su apariencia facial pues está mal afeitado. Posee una cicatriz circular en su mentón producida por la mordedura de un paciente agresivo hace años atrás; haciéndole parecer grotesco. Nadie duda de su historial médico y científico, su oficina está llena de logros de todas clases colgados en la pared. Cuenta con un expediente intachable, aunque ha sido fuertemente criticado por sus ideas poco ortodoxas.

Dr. Velutti: *"Muy bien Colegas, es lógico que estén preocupados por resultados anteriores"*, se levanta de su silla comenzando a caminar por el salón de reuniones, apagando posteriormente las luces: *"Aquí les ofrezco este medicamento, un logro de la ciencia moderna. Ha pasado las más rigurosas pruebas en animales de laboratorio y está listo ante nosotros para ser usado en humanos. Les presento a SEDALAST 800. Extraído de una planta recién descubierta de las selvas del Congo, en África; llamada ASTELEFLEX PENDULA"*. Continúa hablando mientras muestra imágenes, datos estadísticos de los exámenes realizados en animales. Intenta convencer a la jauría científica que se mantiene incrédula sin dejar de murmurar entre ellos.

Colega: *"¿Y cuáles son los efectos adversos del medicamento, porque alguno ha de tener?"*, pregunta levantando la mano otro colega en el oscuro salón de reuniones mientras se proyectan las imágenes.

Casi al instante y sin dar cabida a siguientes preguntas el Dr. Velutti enciende la luz del salón. Colocando las manos sobre la mesa, asiente con la cabeza la pregunta formulada, respondiendo: *"¡Es cierto!, ¿Cuál no?"*. Tras hacer una pausa, continúa: *"¡Yo les pregunto a ustedes! Si el único efecto adverso fuese el permanecer dormido por alrededor de un mes sin afectar los signos vitales. Siempre que se mantengan los requerimientos necesarios de alimentación e hidratación, como se hizo en los animales durante las pruebas de laboratorio, no demostrando muerte alguna tras un año de post tratamiento, sin haber tenido muestras de agresividad o trastornos del sueño para un 100 por ciento de efectividad. ¿Estarían dispuestos a compartir esta experiencia conmigo?"*.

La muchedumbre enmudece frente a las palabras del arriesgado psiquiatra. A su vez, ante la imponente ola de datos mostrados que refuerzan la teoría, el Dr. Velutti alza la voz nuevamente diciendo: *"¡Abramos paso a una nueva era en la medicina moderna sin daños colaterales para nuestros pacientes!, ¡Seamos los pioneros de la terapéutica anti sicótica, anti agresiva y demos a nuestros pacientes y familiares la tranquilidad que se merecen sin que padezcan estas enfermedades!"*. Una ovación inunda el salón de reuniones, donde muchos se levantan de sus asientos y felicitan calurosamente al intrépido científico.

LOS EXÁMENES

Capítulo 2

En la habitación de Danny ya todo está preparado desde la noche anterior: la ropa, sus zapatos y hasta lo que debe desayunar para que no se le hiciese tarde. No ha podido dormir en toda la noche debido a las preocupaciones. Apenas comienza a clarear aprovecha para apagar el despertador antes de que suene, pensando: *"Mejor así, no quisiera que mi madre se levante y me encuentre en esta incertidumbre, notaría todo de inmediato; nadie me conoce mejor que ella"*.

Se para frente al espejo mostrando su figura iluminada por la lámpara a media luz, pues en la habitación la penumbra reina. Es un muchacho alto, agraciado, de pelo castaño claro con algunos mechones de color caramelo. La textura es suave y lacia, bien recortado a los lados y en la parte de la nuca, pero más largo en la parte superior, partido hacia el centro de la cabeza; siempre le ha gustado ese estilo. Tiene cejas gruesas y oscuras, muy pobladas. Pestañas largas que le combinan muy bien con sus ojos que se tiñen según el color del cielo. Su nariz afilada le hace juego con los labios carnosos y rosados, los cuales humedece con frecuencia frotando uno contra el otro. Mueve el torso hacia ambos lados observando la piel blanca con muy pocos bellos, resaltando algunas pecas en su ancha espalda. Su constitución física es excelente, sus músculos le son agradecidos con los ejercicios que hace cada mañana, definiéndose el abdomen y los anchos brazos. Los prominentes hombros y pectorales, nada exagerados le hace portador de una agradable sensación visual para las féminas. Los muslos y macizas piernas como columnas del capitolio, le han servido para correr fuerte en los entrenamientos de educación física de la universidad y en clases que ha tomado de defensa personal; llegando a ser todo un experto.

Silenciosamente sale del cuarto, toma las llaves del auto y su desayuno para el camino. Abandonando la casa, dirige su huevito color amarillo rumbo al hospital con la esperanza de tener un mejor día.

Al llegar, se sienta en el salón de espera mientras observa detenidamente los cuadros de naturaleza muerta en la pared. Se cubre un ojo y luego el otro, descubriendo que su visión se está ensombreciendo cada vez más. No quiere perder la calma, las cartas aún no están todas tiradas sobre la mesa. De pronto su corazón da un vuelco al escuchar la voz de la doctora que saluda a alguien desde el pasillo…, hasta que al fin entra en el salón de espera y observa a Danny, diciéndole: *"¿Sólo espero que no hayas dormido aquí?"*.

Él sonríe y piensa: *"Prácticamente hubiese sido lo mismo, ya que no he pegado un ojo"*, respondiendo: *"Créame que gustoso lo habría hecho si tan sólo hubiese tenido compañía"*. Ella no hace caso de su juego de palabras, ya ha entrado en la oficina dejando el bolso en un closet a un costado de su escritorio. Desde allí no se escucha lo que dice, luego se coloca su inmaculada bata médica que deja colgada en la pared.

En unos minutos sale de la oficina diciendo: *"¡Danny, sígueme!, te llevaré a la sala donde tomaremos esas fotos de las Retinas"*.

11

Exhalando profundamente como quien está muy cansado se pone de pie y la sigue por varios pasillos del hospital. La habría seguido hasta el mismísimo fin del mundo si se lo hubiese pedido, ver su figura contornearse y su cabello flotar continuamente para él es la octava maravilla. Llegando a una habitación donde había varios equipos, Danny reconoce algunos; luego hace que se siente frente a uno de ellos. Indicando que apoyase la barbilla sobre una almohadilla, la cual limpia previamente con una solución alcoholizada, le acerca la frente hacia un plástico, quedando así la cabeza fija. Ordenando mirar hacia la luz brillante del fondo del equipo, primero de un ojo y luego del otro, hace al mismo emitir algunos sonidos raros; posteriormente diciendo: *"¡Ya está, ahora regresemos a mi oficina!"*. Poniéndose de pie se acerca hacia él agarrándole del brazo para que pudiese recuperarse de la ceguera temporal, inducida por la intensa luz.

Dejándola avanzar primero, piensa: *"Yo la viese caminar el día entero, es el alimento que le hace falta a mis pupilas"*. Al llegar a la oficina, ella le indica que se siente en una silla cerca del escritorio, luego analiza atentamente las fotografías una y otra vez en la pantalla de su ordenador portátil. Posteriormente colocando su silla a muy corta distancia frente a él, sentándose muy derecha le pregunta...

Dra. Méndez: *"¿En su familia existe alguien que tenga problemas de ceguera, glaucoma, retinopatías o cualquier tipo de enfermedad visual?"*.

Danny lo niega con la cabeza y un poco de mueca con los labios.

Entonces dice muy seriamente mirándome a los ojos. *"Todo parece indicar que estas padeciendo una enfermedad llamada "Retinosis Pigmentaria", es por eso te he preguntado si alguien de tu familia padece de enfermedades oftalmológicas, pues es hereditaria"*.

El estudiante con gran angustia no sabe por dónde comenzar a preguntar: *"¡Pero en mi familia nadie ha padecido de eso qué usted menciona!"*, dice desesperado; enmudeciendo luego.

Dra. Méndez: *"¡Lo siento mucho!"*, sostiene sus manos con su mano derecha, mientras que con la izquierda alcanza la parte posterior de su cabeza acercándola hasta su hombro. Danny bajando la cabeza no puede evitar que los ojos se le empañen con lágrimas.

Kelly: *"¡Tienes que ser fuerte!"*, sus palabras se mezclan con un suspiro pesado, continuando: *"Es una enfermedad difícil. Como te expliqué, es hereditaria y progresiva"*.

Él levanta la cabeza nuevamente preguntando: *"¿Pero existe alguna cura o me voy a quedar ciego para siempre?"*.

Ella hace una pausa, suelta sus manos levantándose de su asiento y camina hacia la ventana que da a la calle, respondiendo: *"¡No lo puedo engañar!, desgraciadamente no existe una cura definitiva hoy en día, conlleva poco a poco a la ceguera total en muchos casos. Se comienza perdiendo la visión periférica, quedando como si vieses a través de un tubo"*.

Danny la escucha atentamente mientras da su disertación, como si estuviese en la conferencia del semestre pasado; sólo que esta vez es diferente. Cuando a uno le toca bien de cerca, los conocimientos médicos toman otro matiz. Se puede apreciar cierto amargor en sus palabras, mientras que él continúa con ese nudo en la garganta que no termina de zafarse.

Ella se voltea y continúa diciendo: *"Esto es debido a que se depositan pigmentos en la retina. Bloquean el paso de la luz a los receptores que normalmente envían la señal a través del nervio óptico hacia el área cerebral que forma la imagen. Es como si tus ojos fuesen un televisor digital y comenzara a perder los píxeles desde la periferia hacia el centro; hasta quedar oscuro totalmente".*

Danny: *"Menuda enfermedad me ha tocado"*, piensa sin demorar en hacer otra pregunta: "Dra. Méndez, *¿Existe alguna esperanza o tratamiento?"*.

Colocando la silla nuevamente junto al buró y sentándose posteriormente, mueve su cabeza afirmativamente diciendo: *"¡Llámeme Kelly por favor y sí, sí existen alternativas terapéuticas que pueden frenar la enfermedad; pero no curarla!".*

Ahora sabe lo que significa la letra *"K"* escrita en el rotulado de su bata médica: *"Dra. K. Méndez".* Sus palabras le hacen sentir más a gusto.

Dra. Méndez: *"¡Existen algunas alternativas!"*, dice cruzando sus dedos debajo de su afilada barbilla, continuando: *"Se pudieran usar trasplantes de células madres, aunque es algo costoso. Sin embargo, pudiésemos usar también un tratamiento láser. Éste ya está instalado en nuestro centro, aunque aún no se ha usado en ningún paciente tiene un futuro muy prometedor y más económico".*

Al menos las alternativas expuestas le brindan una esperanza. Quizá pueda conservar la visión que le queda. Sin más, Danny se levanta de la silla como un resorte, diciendo:" *¡Yo seré ese primer paciente de su láser, quiero que me recuerde como el primero que usó esa tecnología para ayudar a otros; yo seré su conejillo de Indias!".*

Kelly sonríe al verle tan entusiasmado. Saca de una gaveta algunos formularios para los laboratorios y documentos legales a llenar. Danny se dispone a completarlos en ese mismo instante, dándole prisa a los trámites burocráticos que muchas veces sólo entorpecen las acciones. Decididamente él no tiene todo el tiempo del mundo para desperdiciarlo.

Por otra parte en la sala 23...

Esa misma tarde han caído varios chubascos sobre el hospital, pero éste sí que parece de envergadura. Se ve caer el agua a cántaros, formándose grandes chorros que descienden por las canales. Éstas convergen para formar verdaderos ríos en los márgenes de la acera. Como seda fina el agua recubre los muchos cristales del inmueble. Cambian de formas continuamente, serpenteando y danzando al compás del sonido simulando tambores cuando las gotas golpean los vidrios; avivando el carnaval. Pero en el interior es diferente, las bajas temperaturas se hacen notar, acompañadas de esa combinación entre susurros y gritos a lo lejos; tornando el ambiente penumbroso.

13

En el ala norte, específicamente en la sala 23 perteneciente a la especialidad de Psiquiatría como es de costumbre a esa hora vespertina, se pasean las enfermeras por los pasillos con sus bandejillas plásticas. Entran de una habitación a otra del complejo psiquiátrico repartiendo las medicinas a los pacientes. Con las tablillas en sus manos anotan cualquier incidente respecto a ellos.

En la oficina principal se percibe un aire de pulcritud con cada espacio bien organizado. Un ventanal grande deja pasar la poca luz que escapa de la cerrada lluvia sonando sobre él desesperadamente; como si quisiera entrar. En el centro de la oficina, un buró de cedro exquisitamente pulido, da la impresión de estar sembrado debido a la pesada madera que lo conforma. Sobre sí yacen varias historias clínicas apiladas en una armónica estructura. Algunos papeles, libros, un bolígrafo dorado; todo milimétricamente calculado, da la impresión que los espacios entre ellos son idénticos. Un enorme butacón de cuero rojo vino está centrando en el mueble, muy cómodo y nuevo; de estilo antiguo. Los botones del espaldar presionan fuerte hacia adentro, formando rombos entre ellos dejando de observarse cuando la figura del Dr. Velutti, que se encuentra sentado en él, se recuesta lentamente. Luego cruzando una pierna lleva su mano derecha a la mejilla, pensando: *"Sólo en una hora se llevará a cabo lo que con tanto esfuerzo he logrado. Si todo sale bien, seré la envidia de todos los psiquiatras de este hospital y quién sabe… hasta del mundo entero".*

"¡Ah…!", exhala apasionadamente diciendo en voz baja: *"Ya puedo saborear el dulce néctar de la victoria. Sí… ¡Acarícienme con sus aplausos que yo los libraré de las agresiones del mundo mientras los hago dormir como bebes!".*

En el salón de exámenes médicos, justo al final del pasillo de la sala 23 ya se encuentran los tres pacientes destinados a participar en el estudio. Están siendo preparados para el procedimiento. El salón es amplio y cuenta con tres estaciones, así se le llama a cada cama con una silla al lado de ellas y del otro lado, una mesita de metal con varios utensilios médicos. Cada estación se encuentra separada por cortinas plegadas entre sí y poseen: conexiones para oxigeno, equipo de reanimación, pedestales para colgar las bolsas de infusión endovenosas, monitores para signos vitales y el respectivo personal que mantendrá todo bajo control. En las sillas se encuentran sentados los pacientes, vestidos con batas blancas de las que son abiertas en la parte trasera; cada una con sus nombres en el frente bordados con hilos de color rojo.

"Patrick Foss, en la estación No. 1": Americano de gran estatura, ojos azules como el cielo, 45 años y de complexión delgada. Es una persona que al observarla bien parece salida de un campo de concentración. La piel curtida por el sol y pegada al espinazo le hace resaltar los pómulos. La nariz afilada y los ojos hundidos le dan un aspecto famélico. Las extremidades son largas y muy finas, le faltan algunos dientes en el maxilar superior; quizá eso lo explique todo. Es de pocas palabras si se le puede llamar así.

"Luis Sosa en la estación No.2": Caribeño de 50 años con abundante pelo el cual no le cortan desde hace tiempo, él mismo así lo ha preferido. Dice que se siente seguro con su cabellera descuidada color sal y pimienta, la cual contrasta muy bien con su piel café con leche. No para de hablar en voz baja repitiendo la misma frase continuamente: *"Periquito,*

Periquito, Periquito...". Nadie sabe por qué, quizá esté relacionado con un trabajo anterior en una tienda de mascotas por el barrio de *"La Pequeña Habana"* que se quemó hace años, el cual fue catalogado como un accidente. Él logró salir vivo pero no para contarlo y no porque haya muerto, sino porque a partir de ese incidente sólo repite lo mismo. Aunque han tratado con muchos medicamentos y especialistas, nada ha resuelto el acertijo de su infortunio.

Y *"Max Leroy en la estación No.3"*: No por ser el último es el menos interesante. Cubano-americano de 47 años de edad, natural de Miami pero de padres cubanos. Tiene un amplio historial delictivo, ha estado preso en varias oportunidades: por asalto con armas de fuego, abuso de estupefacientes, posesión de drogas, toda una joyita; estando en prisión le diagnosticaron la esquizofrenia. La agresividad no sabemos de dónde viene, ¿Verdad? Presenta antecedentes de un pasado traumático por provenir de una familia muy disfuncional, con abuso doméstico de todo tipo. Así que tampoco imaginamos el por qué de su estado. Mide un metro ochenta, tiene el cuerpo macizo como roca, se nota que es un fanático de los ejercicios y diría que se le dan muy bien; sin una sola gota de grasa bajo la piel. Presenta tatuajes por doquier, pero el más impresionante sin duda alguna lo constituye el que se encuentra sobre su robusto pecho, *"los cuatro jinetes del apocalipsis a todo color"*; toda una obra maestra en cuanto a tatuajes se refiere. A pesar de todo es un hombre que no es mal parecido: ojos color miel, largas pestañas y gruesos labios; la cabeza se encuentra despoblada de cabellos porque se rasura. Estoy seguro que ha dejado sin aliento a más de una mujer, su mirada es dominante; todo lo que sus ojos alcanzan lo hace con pasión y frialdad. Las palabras no brotan de sus labios involuntariamente, cuando decide hacerlo la grave voz puede quebrar a cualquiera.

El salón está separado por unos cristales espías, éstos no dejan ver los asientos de la sala contigua donde comienzan a llegar los médicos para presenciar el procedimiento. El Dr. Velutti hace su entrada en el salón donde se encuentran ya acostados los pacientes: viste un traje de marca italiano color gris acero, su bata médica es larga como la capa de un rey y su corbata es tan roja que parece sangre salida de sus venas, adornada con un pasador muy original en forma de cadena de ADN torcida alrededor de un pequeño antebrazo metálico; éste termina en un puño cerrado como si la sostuviese contra la camisa amarilla muy pálida. La monárquica combinación levanta algunas expresiones entre los miembros de la sala, pero quedando en el anonimato, los cristales divisorios contienen el chisme en cautiverio.

"¿Se encuentran bien muchachos...?", con voz muy optimista pregunta el Dr. Velutti a los integrantes del estudio, *"¿Listos para hacer ciencia e historia?"*.

El silencio recorre la sala, sólo siendo interrumpido por las palabras: *"Periquito, Periquito, Periquito..."*. El Dr. Velutti con una media sonrisa impulsa hacia atrás su real bata médica con la mano derecha, hecho que recuerda los pistoleros de las películas del oeste. Posteriormente lleva la misma mano a la cintura, mientras que la izquierda es levantada con el índice hacia arriba exclamando: *"¡Entonces hagamos ciencia, que comience el procedimiento!"*.

15

De esta forma se acerca a la cama de la estación No.1. Con voz muy firme pero en tono muy bajo únicamente audible por el paciente, le dice: *"¡Que Dios te bendiga por ayudar a la ciencia!"*, ningún gesto o palabra es emitido por parte del paciente. Seguido, pasa a la estación No.2 repitiendo lo mismo: *"¡Que Dios te bendiga por ayudar a la ciencia!"*, allí puede escuchar que el paciente repite en voz baja ignorándolo totalmente: *"Periquito, periquito, periquito…"*. Luego pasando a la estación No.3 vuelve a repetir: *"¡Que Dios te bendiga por ayudar a la ciencia!"*.

El paciente no reacciona de momento pero súbitamente, sin darle chance a retirarse Max como centella lanza su brazo sosteniéndole la muñeca al médico apretándola fuertemente e impidiéndole la retirada. Max le mira con unos ojos que dan miedo, contestando: *"¡También déselas al Diablo doctor…!"*.

Un joven del personal técnico que se encuentra presente justo frente a la cama de la estación No.3 reacciona abalanzándose sobre Max. Antes de ser envestido el Dr. Velutti eleva su mano libre haciendo una señal de alto, aniquilando la acción. Max suavemente suelta la muñeca del Dr. Velutti dejando que la piel de la misma retome a sus colores naturales; la cianosis por la falta de irrigación sanguínea es evidente.

El Dr. Velutti con el pulso muy acelerado y algunas gotas de sudor sobre su frente no puede esconder su nerviosismo. Las pupilas parecen agujeros negros que quieren devorar todo lo que esté al alcance. Se aleja unos dos pasos atrás mientras respira profundamente y contempla como Max le hace una seña guiñando uno de sus ojos, luego volteó su cabeza a la posición central; cerrándolos.

El Dr. Velutti sale del salón hacia la sala contigua donde se encuentran los demás psiquiatras a través de la puerta que las conecta a ambas. Sin mirar a ninguno de sus colegas abre y cierra su mano para hacer que le llegue la circulación. Sonríe fríamente clavando la mirada en el suelo para posteriormente cerrar la puerta, sentándose en la primera fila.

En un corto tiempo, una enfermera entra al salón de procedimientos cargando una bandeja de acero inoxidable. En ella se pueden apreciar tres frascos de color verdoso en cuyos rótulos se lee:

"SEDALAST 800mg (*milígramos*)

POR CADA MILILITRO DEL CONTENIDO,

NO UTILIZAR MÁS DE 2 MILILITROS POR CADA DOSIS.

FASE EXPERIMENTAL."

Los frascos son depositados en las mesitas de cada una de las estaciones e inmediatamente las enfermeras a cargo de cada estación proceden a inyectar 1 mililitro de la sustancia en la infusión venosa de los pacientes, haciendo que poco tiempo después quedasen profundamente dormidos. Los médicos toman nota de cada minúsculo detalle de las operaciones realizadas para sus publicaciones científicas.

LA CIRUGÍA

Capítulo 3

Una semana más tarde que Danny se hiciese los exámenes oftalmológicos con la Dra. Méndez y completara todos los trámites requeridos para la cirugía, llega el momento de la acción. Ella arriba más temprano al hospital que de costumbre, junto al técnico del equipo procede a la calibración y preparación de los utensilios necesarios para un funcionamiento perfecto.

La Dra. Méndez hace llamar a Danny con el técnico del equipo láser, éste a su vez será su ayudante de cirugía.

Técnico: *"¿Danny López...?"*. Pregunta mirando hacia ambos lados, quedando junto a la puerta con las piernas entre abiertas para impedir que se cierre.

Danny se pone de pie nervioso con la incertidumbre de no saber lo que le espera detrás de esas paredes. Sabe que es un tratamiento novedoso que a nadie nunca le han realizado, mientras contesta: *"¡Soy yo!"*. Camina lentamente hacia él temblando por dentro, evitando que se note demasiado.

Al entrar en la habitación que cuenta con muy poca luz le da la impresión que ha llegado al polo, da igual el Sur o el Norte. *"¡Que frio tan intenso!"*, piensa haciendo luego una pausa y continúa: Pero... *"¿Quién dice frio?, si allí está mi paraíso tropical, mis arenas del Sahara al mediodía"*. Continúa pensando mientras se acerca, ella se encuentra sentada en una pequeña banqueta frente al equipo láser. Danny le sonríe al verla, luego ella dulcemente se la devuelve.

Danny: *"Cómo estás Kelly"*, dice a la vez que se justifica en su interior: *"Bueno... ella me dijo que la tuteara, así que la llamé por su nombre"*.

Ella responde manteniendo la sonrisa: *"Muy bien, gracias... ¿Listo para comenzar?, ¿Estás nervioso?"*.

Danny: *"¡Nervioso yo..., para nada!, usted no sabe bien la confianza que le tengo. Fíjese si estoy asustado que voy a volver mañana para una segunda vuelta..."*, le galantea finamente diciendo luego para sí: *"Pues a mí como a los cazadores, no me gusta espantar la presa. Creo que hasta logré sonrojarla un poco, quien sabe; está un poco oscuro"*.

Dra. Méndez: *"Bueno Danny"*, le dice levantándose y posicionándose frente a la mole de metal, la cual posee una camilla debajo. Luego colocando su dulce mano sobre ella le da unas palmaditas, diciendo: *"Acuéstese y trate de relajarse que no le dolerá nada, usaremos unas gotas que le anestesiarán los ojos"*.

Él hace lo que le pide sin chistar, pensando: *"No me juzguen mal pero siento mucha intimidad en sus palabras"*. Ella le va describiendo cada paso que hace, mientras él observa detenidamente la montaña de hierro sobre su cabeza; la cual queda sostenida por un brazo mecánico. En su centro posee una luz roja brillante que incide sobre su ojo derecho haciéndole parpadear con frecuencia.

Kelly: *"¿Le molesta la luz Danny?"*, luego de preguntarle atenúa un poco la luz del equipo para que no fuese tan fastidiosa, mientras le dice a su ayudante: *"Ya puede aplicarle las gotas al paciente por favor"*, Justo ahí es cuando Danny comienza a sentir preocupación, se da cuenta en ese momento que todo va a comenzar.

Las gotas anestésicas son aplicadas en cada ojo, comenzando a sentirlos pesados en cuestión de segundos; ya no puede moverlos muy bien. Ella queda posicionada hacia su cabeza, quedando la misma casi entre sus piernas. Colocando mas tarde la mano en su hombro le dice: *"Concéntrate en la luz brillante que está arriba, mantén la mirada en ella todo el tiempo que todo va a salir muy bien"*.

Le vendaron el ojo izquierdo para minimizar la distracción mientras colocan un espéculo para abrir los párpados en el ojo derecho. Éste se parece mucho al que usan en las mujeres los ginecólogos y los obstetras para reconocerlas, sólo que a una escala menor.

Ahora una luz blanca anula completamente la visión de Danny, le parece que mira hacia el sol. La doctora enciende una luz roja adicional muy potente que se sobrepone a la luz blanca. Es el punto rojo al cual se refería y debe mirar en todo momento, de esta manera fija el globo ocular para poder hacer el procedimiento.

Dra. Méndez: *"Vas a sentir un sonido fuerte, no te alarmes porque es el equipo láser trabajando. Si tus ojos se mueven, el equipo posee un sistema de búsqueda; o sea, al ser computarizado sigue el movimiento de tus ojos constantemente. Si se mueven fuera del rango de posición, se detendrá automáticamente para evitar errores de tratamiento fuera del área deseada"*. Le tranquilizan mucho sus palabras, la seguridad que demuestra al hablar de la tecnología entre sus manos le da a entender que tiene todo bajo control; así que no le queda otra alternativa que encomendarse a Dios y a ella.

Tal como dijo, el famoso sonido se hace presente. Le parece que se encuentra junto a un cable de alta tensión eléctrica por la intensidad del mismo; por otra parte se siente en una discoteca de Miami cuando aparecen numerosas luces de colores que giran en todas direcciones.

Pasaron unos pocos minutos antes de sentir su voz nuevamente: *"Ya está, pasemos al siguiente ojo"*.

Danny: *"¿Ya...? ¡Si no he sentido nada...!"*, la sorpresa y el alivio le cautivan al mismo tiempo.

Dra. Méndez: *"Si Danny, pronto podrá marcharse a casa como si nada hubiese pasado"*. Mientras le habla, repite el procedimiento en el ojo izquierdo, ya los músculos que tenía contraído se van aflojando. Ya sabe lo que le espera del otro lado, así que decide relajarse de veras.

Kelly al culminar la cirugía le dice: *"Le tengo que cubrir los ojos, no podrá abrirlos hasta que mañana le quite las vendas y podamos evaluar con certeza el resultado"*.

19

Danny: *"¡Ah...! y yo feliz, ya me imaginaba al abrir los ojos y verla ante mí; que dichoso me haría si pudiese verla todos los días. Pero... ¡para qué me hago ilusiones!, seguro tiene esposo, novio, o hasta hijos. Una belleza así difícilmente se encuentra sola"*, piensa mientras le tocan nuevamente por el hombro.

Dra. Méndez: *"¡Ya está Danny!, estoy muy contenta con el resultado de la cirugía. Tómese este calmante que le voy a recetar, puede que te empiece a doler la cabeza y te sentirás incómodo. Por lo demás, descansa y te veo mañana a primera hora"*.

Con los ojos vendados y la torpeza de un zombi a plena luz, se pone de pie animándose a preguntarle: *"¿Le puedo dar un beso de despedida?"*. Queda desorientado tras una pausa infinita. Siente el rechazo, la imagina haciéndole muecas a su ayudante, el cual le sostiene del brazo. De pronto unos tibios y esponjosos labios se impactan sobre su mejilla, tibios a pesar de la temperatura casi de congelación. Para él es el más ardiente de los besos, su respiración se agita y le sonríe diciendo: *"Gracias, estoy más tranquilo ahora"*.

Dra. Méndez: *"¿Espero no vaya a manejar así verdad?"*, le dice en tono burlón.

Danny: *"No..., un amigo me recogerá, de hecho ya debe estar esperando afuera"*.

Al salir del salón de cirugía alguien se dirige hacia él, diciéndole:*" ¿Es a este señor a quién hay que llevar para la morgue?"*, Danny reconoce la voz al instante. Su amigo Pedro Pablo esta allí como lo había prometido. Siempre ha confiado en él, le ha ayudado en muchos de los momentos difíciles de su vida. Se conocen desde niño: de la misma calle, la misma escuela, las mismas travesuras. Ahora es cuando más distanciado están porque trabaja lejos en uno de los casinos de la ciudad. Siempre está muy ocupado, pero aún le alcanza el tiempo para ayudarle. Danny lo ve como el hermano que siempre quiso tener.

Danny:*"¿A la morgue dices?, debe ser porque ha llegado una mofeta o a alguien le huelen los pies, porque... ¡yo estoy más vivo que nunca!"*. Suelen bromear hasta de sus propias desgracias.

Ríen como tontos mientras la doctora se despide una vez más: *"¡No falte mañana a la consulta que lo estaré esperando!, ¡Cuídese, descanse y sobre todo no se frote los ojos!"*, recalca alejándose.

Pedro Pablo se contiene por un instante pero no demora en exclamar: *"¡Qué bueno que tienes los ojos vendados, así la puedo ver yo solo a gusto...!"*, arranca luego en un ataque de risa incontrolable mientras le arrastra por el pasillo del hospital para llevarlo a su casa. Danny sabe bien que ni siquiera la estaría mirando con ojos de Don Juan; no es del tipo de hombre que le gusten las mujeres, pero siempre han mantenido una relación de amistad sincera y cariñosa.

Pedro Pablo es contemporáneo con él, aunque más bajito. Sus rasgos Árabes se le notan a una milla de distancia: ojos saltones, nariz afilada y prominente. Tiene muchos vellos en el cuerpo, demostrando que sus niveles de testosterona son elevados; le ha tumbado todo el cabello. No importa como lo vea la gente, tiene un corazón muy grande y una ternura insaciable que no deja espacios para imperfecciones corporales; es todo un tipazo.

Danny le ha dicho a su madre que pasará unos días en casa de Pedrito, como cariñosamente le dice. Sabe que no está bien lo que está haciendo, que a las madres no se les debe estar ocultando nada; pero la verdad es que no quiere que sufra otra experiencia amarga. Va pensando profundamente mientras Pedrito sigue bromeando por el camino... *"¡Mueve esas nalgas, que ahí no fue la cirugía..., así que camina campeón, camina...!"*.

En el ala Norte del hospital, pabellón de Psiquiatría...

La mañana transcurre tranquila por los pasillos del hospital de Miami. La rutina diaria promete aburrir la labor del personal médico, menos en el ala norte. La enfermera a cargo de la observación y cuidado de los pacientes en las estaciones, irrumpe en la oficina del Dr. Velutti, diciendo: *"¡Dr. Velutti, es mejor que venga rápido!"*. El asombrado médico sigue a la enfermera con rápidos pasos, enfocando la mirada hacia la puerta de la sala de procedimientos. Ambos entran como un rayo deteniéndose frente a la cama de la estación No.3. El paciente Max se encuentra con los ojos abiertos e inmóviles, mientras que los otros pacientes continúan durmiendo plácidamente.

Dr. Velutti: *"¿Desde cuándo está Max así?"*, con voz muy baja y casi sin abrir los labios le pregunta a la enfermera. Como es temprano todavía, no ha pasado visita ningún otro colega. Sin pensarlo más, el Dr. Velutti se voltea rápidamente cerrando las cortinas que divide esa estación, impidiendo la vista de cualquiera que entre de repente o pudiera observarlos desde la sala contigua a través del cristal.

Enfermera: *"Desde hace unos minutos, al notarlo corrí inmediatamente a avisarle"*, susurra tratando de recobrar el aliento después de semejante carrerita.

Dr. Velutti: *"Hiciste muy bien Ivon"*, le dice a la enfermera llamándola por su nombre, continuando: *"Necesito que se pare en la puerta y me avise si alguien viene, diga cualquier cosa para llamar la atención"*.

Ivon: *"¡Muy bien doctor, así lo haré!"*, exclama la enfermera saliendo nuevamente a gran velocidad deteniéndose en la puerta y comenzando a vigilar el pasillo.

Max se encuentra tranquilo, los instrumentos demuestran que los signos vitales están estables, no hay de qué preocuparse. *"No se suponía que despertaras hasta dentro de unas semanas"*, piensa el preocupado doctor, continuando: *"si fuese descubierto, todos los estudios anteriores no hubiesen valido para nada y todo se vendría abajo"*; continúa pensando rápidamente, *"algo debió haber fallado. Puede ser que la dosis para este mastodonte no fue suficiente"*.

Recordando que porta un frasco de SEDALAST 800 en el bolsillo de su bata, su brazo se recoge y como una serpiente que ataca su presa... enviste el frasco sin compasión. Sosteniendo ahora una jeringuilla carga 3 mililitros del producto inyectándoselo, a sabiendas que está bien rotulado en el frasco no administrar más de 2 mililitros por cada dosis. Posteriormente acercándose al oído le dice muy bajito: *"Tú no me vas a echar a perder el trabajo de tantos años, si mueres..., nadie te va a extrañar. ¿Quién pensaría en*

21

una escoria como tú?, quedará ante la mirada de todos que tu cuerpo no resistió al tratamiento. Al fin y al cabo, cada ser humano es un universo. Tanto los medicamentos como las enfermedades se manifiestan de manera diferente entre las personas".

Las pupilas de Max se dilatan en un instante cerrando los párpados nuevamente. Sus signos vitales se aceleran, pero nada fuera del rango normal.

El Dr. Velutti eleva la cabeza girándola en círculos y deja caer los hombros exhalando profundamente. Guarda el frasco de SEDALAST 800 nuevamente en su bolsillo junto con la jeringuilla; posteriormente se voltea y descubre la cortina como si nada hubiese pasado. Camina unos cuantos pasos hacia la puerta donde Ivon se encuentra alerta, su cabeza parece un ventilador giratorio.

Dr. Velutti: *"¡Señorita Ivon!"*, con voz autoritaria la asusta al hablar, continuando: *"Por favor, continúe observando los pacientes y recuerde que esto no ha ocurrido nunca... ¡Me escuchó bien!"*.

Ivon: *"¡Por supuesto Dr. Velutti...!"*, dice temblorosa y continúa llevándose una mano al pecho: *"¡Yo jamás sería capaz de...!"*, la frase es cortada de un tajo cuando el doctor se le aproxima haciéndola retroceder quedando contra la pared. Posicionando los brazos a cada lado, no le deja lugar para escabullirse, a la vez que le dice: *"Usted tiene una brillante carrera de algunos años ya, no la tire por la borda, ¿De acuerdo?"*.

Ivon: *"De acuerdo Dr. Velutti!"*, dice Ivon más que asustada. Escapándose por debajo de uno de sus brazos se dirige a toda velocidad hacia su mesa, la cual se encuentra muy cerca de las tres estaciones; sin dejar de mirar hacia atrás como si éste la persiguiera.

Viendo la reacción de la enfermera, el Dr. Velutti considera que ya ha sido suficiente. Cierra la puerta del salón de procedimientos y regresa a su oficina desajustándose la corbata, la cual le estrangula sin dejarle mover muy bien su cartílago tiroideo para poder tragar a gusto.

EN CASA DE PEDRO PABLO
Capítulo 4

Danny yace sobre el sofá de la sala mientras piensa que todo debe lucir como en un museo. *"La limpieza y organización se puede respirar aunque no logre verla. Pedro Pablo es muy enfático en ese aspecto, siempre le ha gustado que todo esté en su sitio; aunque a veces exagera. Él se encuentra solo en estos días, su pareja sentimental anda en uno de esos viajes de trabajo que lo alejan de su casa por un tiempo; lo que me viene muy bien para recuperarme aquí en su ausencia. No es que no nos llevemos bien, pero siempre comparto mejor las ideas con mi amigo si él no está presente, además siento que puedo compartir más su presencia, no sé...; majaderías mías".*

Pedro Pablo: *"¡Ya puedes venir a la mesa!"*, grita desde la cocina y continúa: *"Te preparé las codornices que te gustan con vegetales al vapor y como me imagino que no puedes beber nada de alcohol, te tengo un jugo de naranjas naturales bien helado".*

Se escuchan los pasos de Pedro Pablo acercándose, el cual con voz risueña le sostiene por un brazo diciendo nuevamente: *"Pero que tonto soy, es la costumbre que estés ahí echado... y yo llamándote a la mesa sin percatarme que hoy no ves ni un elefante pintado de amarillo en medio de la calle 8".*

Lo levanta suavemente dirigiéndolo hacia el comedor donde se encuentran cuatro sillas de madera preciosa muy bien torneadas. La mesa está cubierta por un mantel blanco muy largo y planchado. Los cubiertos destellan, mientras que las codornices posadas en una bandeja de metal reposan en el centro de la mesa; apertrechadas entre las patatas. Van despidiendo un aroma suculento, haciendo que las glándulas salivales y gástricas aceleren su producción.

"¡Pedrito!", le dice Danny casi gruñendo con las tripas en la mano, *"Déjate de tanto protocolo y muéstrame donde me siento, antes de que te muerda una oreja"*, exclama con una sonrisa desorientada.

Pedro Pablo: *"¡Ay papito, que agresivo...!"*, dice levantando ambas cejas y como Danny se encuentra justo con la silla por detrás, éste le da un empujoncito que le hace tropezar con ella y caer sentado.

Danny: *"¡PEDRITO....!"*, esta vez le grita, *"¡Me vas a matar del susto, pensé que caería al suelo!"*. La impresión que le dio, fue de caer por un precipicio: *"¡NO ME VUELVAS A HACER ESO!"*, le requiere enfadado.

Pedro Pablo: *"¡Que exagerado eres..!, ¿A quién le vas a dar las quejas, a tu mamá o a esa doctorcita que te trae loquito, eh?"*. Pedro Pablo conoce muy bien cuanto le gusta a Danny la Dra. Méndez y por eso lo fastidia un poco para encenderle.

Danny: *"¡Já, já, muy gracioso!, ahora por eso..., me vas a tener que dar la comidita como a un pollito ciego y hasta leerme un cuento para dormirme".*

Pedro Pablo: *"Muy bien y cuándo es que te baño y te restriego la espaldita...".*

Danny lo corta instantáneamente: *"No, no, no, nada de eso. Eso lo tengo reservado para mi doctora favorita, así que te vas a quedar con las ganas".*

Ambos comienzan a reír muy animadamente iniciando una conversación que extiende la sobremesa hasta muy tarde.

Pedro Pablo: *"Bueno, te voy a llevar a tu cuarto para que descanses, recuerda que tenemos que ir al hospital nuevamente en la mañana; así que será mejor que te duermas".*

Danny con un bostezo afirma con la cabeza positivamente: *"Sí, mejor nos vamos a dormir, yo también estoy muy cansado".*

Llevando del brazo a su amigo, lo conduce por el pasillo hasta la habitación siguiente a la suya. Haciéndole entrar, lo sienta en la cama y le pregunta: *"¿Ahora es cuando te leo el libro?".*

Danny: *"¡No!",* rápidamente contesta dejando entrever una cara picaresca, continuando: *"Pensándolo bien, creo que voy a soñar con mi doctorcita".*

Pedro Pablo: *"Siendo así..., te deseo que duermas bien con tu angelito",* le dice al mismo tiempo que le arropa con la manta para continuar luego: *"¡Que duermas bien Danny!".*

Danny: *"¡Gracias Pedrito, tu también!",* transcurre un pequeño lapso de tiempo antes de continuar: *"Pedrito, ¿Sabes que eres mi mejor amigo, verdad?, ¿Lo sabes?".*

Pedro Pablo: *"¡Lo sé, grandulón!",* le recalca con voz tierna observándole con los ojos vendados; lo cual le produce tristeza. Ahora dándole una palmadita en la mano le ordena: *"¡Duérmete ya!".*

Apaga la luz y cierra la puerta de la habitación, quedando todo en silencio. Danny puede escuchar algunos pasos de Pedro Pablo caminando por la casa recogiendo el reguero que habían dejado. La presencia de la oscuridad absoluta que le persigue desde la mañana se apodera de sí.

Un leve dolor de cabeza se hace presente unas tres horas después de acostarse. La doctora le había advertido de que esto podría ocurrir. Para no dejar que continuase aumentando en intensidad, comienza a palpar en el costado de la cama y encuentra el bolso donde tiene sus pertenencias. Introduciendo la mano extrae un frasco del analgésico que Kelly le ha recetado, cuando al disponerse a tomar dos de las cápsulas que contiene...

"¡Ah...!", exclama en voz baja llevándose las manos a la frente, retorciéndose sobre la cama. Un fuerte dolor sacude su cabeza, como si la estuviesen partiendo a la mitad con un martillo. El dolor es indescriptible, nunca había sentido nada igual y junto a éste, en su inmensa oscuridad... comienza a percibir unos destellos de colores grises-azulados que provienen de lejos y se acercan rápidamente hacia él. La imagen es bastante definida y circular, percibiéndola por ráfagas. Intentando controlarse, se toma las cápsulas del medicamento con el agua que Pedro Pablo había dejado sobre la mesita de noche. Muy

lentamente con el pasar del tiempo, comienza a aliviarse y sin saber cuándo; se queda dormido.

En otra parte de la ciudad...

Son las 2:30 AM en el hospital de Miami. Hay un silencio sepulcral por doquier, siendo menos notable en la sala de Psiquiatría. A pesar que las medicinas mantienen a la mayoría bajo control, algunos se las ingenian para no tomarlas; cambiando así los períodos de sueño y vigilia, pero en general la sala se mantiene tranquila.

Ivon, la enfermera que había presenciado el incidente entre Max y el Dr. Velutti, se encuentra de guardia esta noche: Tiene unos 33 años, piel bronceada, estatura mediana, un cuerpazo de guitarra encantador y las piernas tan torneadas que se diría que fueron hechas a mano; el traje blanco le sienta estupendamente con su pelo rojo ardiente.

Como de costumbre ya ha hecho su ronda por las tres estaciones recogiendo los datos de los pacientes y garantizando que las infusiones venosas estén trabajando sin ningún contratiempo. El turno se hace un poco monótono a esa hora, ya no se siente ningún sonido o queja por parte de los pacientes de los cuartos aledaños. Su ritmo de trabajo disminuye considerablemente comenzándole a picar los ojos; una franca señal del cansancio.

Ivon camina hacia su mesa, se sienta en la silla reclinándose hacia atrás mientras piensa en lo que podría hacer para su cumpleaños, próximo a celebrarse. El sueño inevitablemente se va apoderando de su cuerpo, los párpados le pesan demasiado como para sostenerlos, los músculos del cuerpo comienzan a relajarse lentamente sin que pueda evitarlo respirando muy lentamente, sus globos oculares se mueven al compás de una suave danza; abanicados por sus largas pestañas. Indiscutiblemente en esta pelea, el sueño es el ganador.

La grata sensación de estar soleándose sobre una suave toalla colorida en las blancas arenas de las playas de Miami hace que permanezca inmóvil sobre su silla. En su sueño el viento la despeina mientras reposa tendida hacia abajo con el biquini desabrochado para aprovechar mejor el sol. El día es caluroso haciendo que el sudor recorra su cuerpo, pero algo perturba el momento… Unas sombras se han interpuesto bloqueando el astro rey, provocando que eleve la cabeza. De repente su cuerpo es suspendido en el aire y volteada con violencia, comenzando a gritar desesperadamente. Dos sombras o siluetas la sostienen de los brazos y piernas, mientras que una tercera, mucho más grande se le echa encima.

Su cuerpo está impotente de reaccionar, sin poder despertar. Se mueve retorciéndose en el asiento, mientras que su cabeza y cuello se van poniendo cianóticos. La coloración azulosa ha invadido su piel bronceada, la respiración se ha detenido haciendo que un hilo de sangre brote por la nariz; manchándole el impecable uniforme blanco. La vida de Ivon se le va escapando, un sueño mortal ha acabado con una hermosa criatura.

25

A las 6:00 am en el cambio de turno, se escucha un grito aterrador por el pasillo del ala norte. La enfermera encargada de relevar a Ivon, al entrar al salón de procedimiento; se encuentra con el cadáver.

Una hora más tarde, la policía se hace presente en la zona de los hechos. El investigador Alex Sullivan comienza los interrogatorios: al personal médico, de limpieza, técnicos, en fin a todos; mientras otros técnicos del departamento de homicidios recogen datos, huellas, observándolo todo. Parece un amanecer lleno de relámpagos. El flash de las cámaras fotográficas hace parecer el local como una alfombra roja para ceremonias, pero en esta ocasión no es para premios; sino para anunciar la extraña muerte de la enfermera de turno.

El Dr. Velutti ha llegado temprano al hospital, le han llamado para informarle del incidente y no dudó en salir a toda prisa de su lujosa mansión en Coral Gables; donde reside como un ermitaño. El investigador Sullivan se encierra en la oficina del Dr. Velutti para hacerle algunas preguntas.

Sullivan: *"¿Doctor, sospecha usted de alguien en particular?, ¿Tenía algún enemigo la enfermera, aquí en el hospital?"*.

Mientras hace las preguntas el investigador de homicidios, el Dr. Velutti piensa con aires de tranquilidad, como si se hubiese quitado un peso de encima: *"Ahora sí nadie sabrá del incidente con Max..."*. Haciendo un cambio facial en muestra de sorpresa le contesta a Sullivan: *"¡No, para nada!, Aquí todos somos muy unidos y no creo que nadie quisiera hacerle daño a Ivon"*.

El señor Sullivan continúa haciéndole preguntas al Dr. Velutti durante algunos minutos más, hasta que… Se levanta de su silla rápidamente. Abrochando su saco guarda la libreta de apuntes y le extiende la mano al Dr. Velutti, diciéndole: *"Estaremos en contacto doctor, tengo que regresar a la estación de policías para analizar todos los datos encontrados"*.

Dr. Velutti: *"Muy bien inspector, aquí estaremos para lo que se le ofrezca"*. Se pone de pie y corresponde el saludo de despedida acompañando al investigador Sullivan hasta la puerta de la oficina. Antes de salir se voltea introduciendo la mano en la parte izquierda de su saco extrayendo una tarjeta de presentación, argumentando: *"Aquí puede localizarme si recuerda cualquier cosa que pueda ayudarnos"*.

Dr. Velutti: *"¡Gracias!"*. El doctor queda pensativo observando cómo se retira el inspector Sullivan por el pasillo, mientras el personal forense lleva la bolsa cerrada en una camilla con el cuerpo inerte de Ivon y se pregunta: *"¿Que habrá pasado allá adentro?"*.

El Dr. Velutti emprende marcha hacia el salón de procedimientos donde ha fallecido la enfermera y recorre las tres estaciones asegurándose que el procedimiento continúe sin ningún otro tropiezo. Habiendo confirmado esto, asigna otra enfermera para que prosiga con el proceso de vigilancia de los pacientes y sus requerimientos.

DE REGRESO A CONSULTA
Capítulo 5

Danny: *"Estoy muy ansioso, la incertidumbre de no saber lo que el destino me tiene guardado me produce una sensación de vacío insoportable, es un frío que me recorre el cuerpo y no sé; ya veremos qué pasa"*, piensa esperando sentado junto a Pedro Pablo en la consulta de la Dra. Méndez.

La puerta se abre apareciendo una enfermera del servicio de Oftalmología, se acerca lentamente y pregunta: *"¿Quién de ustedes es Danny López?"*.

Apresurándose para no dejarlo hablar, Pedro Pablo le contesta muy jocosamente: *"¿Quién tiene más cara de ciego, él o yo?"*.

Danny moviendo la cabeza hacia los lados hace una mueca con sus labios, dejándole saber que el chiste está fuera de lugar. Posteriormente se pone de pie diciendo: *"¡Soy yo señorita!, ¿Ya es mi turno?"*. En tanto la enfermera le pone una mano en el codo contestando con voz alegre: *"¡Sí, lo voy a llevar donde la Dra. Méndez!"*.

Llevando muy despacio a Danny dentro del consultorio le va indicando donde debe tener cuidado para no tropezar. La puerta se cierra y pasa un largo rato antes de que saliese nuevamente; esta vez sin vendaje sobre sus ojos. Su figura se acerca lentamente, muy pensativo con las manos en los bolsillos de su pantalón.

Pedro Pablo se levanta al verlo cabizbajo y le pregunta seriamente: *"¿Está todo bien?"*.

Danny: *"Te cuento por el camino, ¡vámonos ya!"*.

Saliendo del consultorio, ambos van caminando despacio por los pasillos del hospital sin pronunciar palabra. Pedro Pablo lo mira cada vez que da unos pasos a ver si se anima y le cuenta lo que le ha ocurrido, hasta que llegan al automóvil.

Pedro Pablo: *"¿Pero qué pasó?, no has pronunciado palabra, ¡Dime ya...!"*

Danny: *"¡Me voy a quedar ciego Pedrito...!"*. Arrancando en llanto se apoya en la parte frontal del auto. Pedro Pablo sin saber qué hacer pues la noticia le ha tomado por sorpresa, se inclina extendiéndole el brazo por encima de los hombros, lo levanta y le abraza diciéndole: *"¡Lo siento muchísimo Danny...! ¿Pero no existe nada más que podamos hacer?"*. Los brazos de Pedro Pablo le sostienen fuertemente acompañándolo en su dolor.

Danny: *" Allí estaba cuando me quito las vendas de los ojos, allí, ante mí... Luego comenzó a hacerme unos exámenes y su cara se transformó, no pudo evitarlo"*, dice entre sollozos.

Pedro Pablo: *"¡Que la Dra. Méndez te dijo eso!"*, enfatiza muy exaltado haciendo una pausa. Al tratar de voltearse para regresar a reclamarle a la doctora por haber tenido tan poca ética de decir algo así, como diríamos...; sin anestesia. Danny rápidamente le sostiene el brazo apretándole fuertemente para que no fuese.

Danny:" *No es su culpa Pedrito, no me lo ha dicho.* ", reteniéndole el arranque, continúa: *"No pudo evitar cambiar su rostro al decirme lo que estaba viendo en los exámenes; saqué mis propias conclusiones, eso es todo".*

Tras un largo suspiro como si le degollasen, argumenta: *"En un día he perdido otro 10 por ciento de la visión, ahora cuento con el 60 por ciento del total y sin probabilidades de recuperar mucho; aunque... Ella guarda alguna esperanza de que cuando baje la inflamación debido al procedimiento, quizá mejore ligeramente".*

Pedro Pablo: *"¿Pero supuestamente el tratamiento láser no debería haber frenado el proceso de desarrollo de la enfermedad?".*

Danny:*"Sí, al menos era una posibilidad, pero existe la otra que me lo acelere aún más y desgraciadamente parece que fue eso lo que sucedió o todavía es muy temprano para decirlo; no lo sé"*, dice desanimado sintiendo algo de culpa. Luego reflexiona, expresando: *"La verdad es que yo tomé la decisión. Quería ser el primero, con la esperanza de que no sucediese nada adverso. De todas maneras esto sucedería antes o después, ¿No...? ¡Ella no me forzó a nada, esa fue mi decisión!".*

Pedro Pablo escucha con tristeza todo lo que le cuenta, le apena mucho por todo lo que su amigo está pasando.

Danny: *"¡Pedrito!"*, le dice dando unos pasos camino de regreso al hospital, continuando: *"¡Gracias por todo, tengo algo que hacer..., nos vemos mas tarde en tu casa. ¡Luego hablamos...!".* Dejándolo con la palabra en la boca entra por la puerta del edificio nuevamente, en tanto Pedro Pablo se lleva las manos a la cintura. No le guarda rencor a su amigo por la acción tomada, él sabe que está pasando por un mal momento. Se retira hacia el auto y lo enciende poniendo rumbo a su casa.

Por otra parte, Danny se sienta en un banco cerca de la puerta que da entrada al consultorio de la Dra. Méndez esperando pacientemente por un largo tiempo, clavando la mirada en la puerta hasta que la ve salir. Se levanta rápidamente pronunciando su nombre: *"¡Kelly!, ¿Puedo hablarle un momento?".*

Kelly: *"¡Por supuesto Danny!"*, dice con voz baja, acercándosele.

Comienzan a caminar juntos por el pasillo, la luz del día que penetra por los cristales los iluminan, llegando en unos pasos hasta el banco donde Danny había estado esperando previamente. Éste le hace una señal para que se siente, ella corresponde sentándose con las piernas bien juntas colocando luego las manos en las rodillas. Casi al mismo tiempo, él se sienta junto a ella quedando casi frente a frente.

Danny: *"Quería que supiera que esto que me está pasando..."*, hace una pequeña pausa. Kelly intenta hablar cuando Danny le toma de las manos interrumpiéndola: *"No es su culpa, yo tomé la decisión de hacer el procedimiento y sabía muy bien lo que me podía suceder".*

Kelly: *"De veras me apena mucho que esto esté sucediendo, tenía mucha fe que todo saldría mejor. Pero como te expliqué, todavía es un poco apresurado para hablar de resultados. Debemos esperar un tiempo a ver como tu cuerpo reacciona; además aunque el tratamiento no funcione para ti, puede que si lo haga para otros. Ya sabes que las enfermedades y los tratamientos se manifiestan de diferentes formas entre las personas"*.

Danny: *"Eso lo sé bien desde que comencé hace unos años en la escuela de medicina, por eso quiero decirle que si usted alberga la esperanza de que pueda mejorar..., o al menos que no empeore; yo también la tendré"*.

Kelly lo observa con una mezcla de ternura y compasión apretándole las manos para darle aliento: *"¡Esa es la actitud, así me gusta, que sea muy positivo!"*.

Él la mira fijamente a los ojos, desatando palpitaciones entre ambos. Danny puede percatarse que no le es totalmente indiferente y piensa: *"Si tuviese la dicha de besarla..."*.

Ella interrumpe su pensamiento al preguntarle: *"¿Por qué me miras de ese modo?"*, la respiración de Danny se paraliza momentáneamente, sus manos comienzan a sudar, temblando como una hoja por dentro.

Danny: *"Quiero llevarme este momento... Me gustaría que lo último que viese sea esta hermosa imagen de tu rostro y guardarla por el resto los días que me esperan. Eso me dará mucha fuerza"*. Kelly baja un poco la cabeza sintiendo que arde como leña de una hoguera.

Tras el sonido de apertura de una puerta, ella retira sus manos poniéndose de pie; acción que Danny sigue inmediatamente.

Kelly: *"Debo regresar a la consulta, me esperan algunos pacientes"*. Le acompañan algunos gestos desordenados con sus manos al gesticular. Se nota claramente que ha logrado ponerla nerviosa.

Danny: *"Por supuesto, no la interrumpo más...; sé que está muy ocupada"*, se lamenta en su interior.

Ella camina unos pasos, mientras él la observa atentamente sin perder un detalle, cuando... inesperadamente se voltea.

Kelly: *"¿Qué le parece si continuamos esta conversación mañana que estoy libre?"* .

El corazón de Danny se desorbita al escuchar sus palabras, olvidando cualquier angustia pasada, respondiendo: *"¡Me parece muy bien!"*, contesta sin pensarlo ni un segundo.

Kelly: *"¿Entonces a las 8:00 pm en la entrada del Dolphin Mall?"*. *(Dolphin Mall = Centro comercial)*

Danny: *"¡De acuerdo, allí estaré...!"*, le dice mientras se aleja de ella dando pasos hacia detrás pero sin perderla de vista, volteándose posteriormente al percatarse que entra en la oficina. Su cuerpo estalla de alegría, no puede creer que a pesar de los problemas que lo abruman la vida le sonriese de esta manera.

Al salir del hospital toma un taxi dirigiéndose hacia la casa de Pedro Pablo. Al llegar encuentra el apartamento vacío. *"Seguro que ha salido a buscar algo para comer"*, piensa caminando hacia la habitación. Se recuesta en la cama ensayando lo que diría y como se acercaría a Kelly en el encuentro que tendrán.

Pensando y pensando se va quedando dormido, entrando en una nebulosa con unos destellos brillantes grises-azulados. Ahora puede definir mejor el panorama, está entrando en una especie de pasadizo, éstos se hacen más brillantes hacia los lados disipándose en el centro; percatándose que se aproxima rápidamente hacia una luz brillante en el fondo del mismo. La blancura lo envuelve totalmente. En la profundidad del sueño muy diferente a los que ha tenido antes, tiene la sensación de que permanece consciente sabiendo que se encontraba dormido; es una sensación de control total.

Danny: *"¿Si estoy dormido, cómo puedo ver este espacio infinito y brillante?"*. Flotando, mira a su alrededor sin dejar de preguntarse: *"¡No, no, esto es fuera de lo común, nunca he estado en un sueño así!"*.

Queriendo poner a prueba el vacio escenario, imagina muy adentro: *"Un Crucero, en las islas Bahamas"*. Súbitamente el inmenso espacio que le rodea se rellena tan rápido que no le da tiempo a nada. Se encuentra recostado sobre la baranda del balcón de un camarote privado, en un enorme crucero. Contempla anonadado la exuberante playa de aguas esmeraldas en una de las islas de las Bahamas.

"¡Pero, esto es increíble...!", exclama muy asombrado observando la forma en que se encuentra vestido. Una camisa de seda roja le abriga de la fresca brisa matutina. Tal parece que dibuja con el pensamiento cada detalle de su sueño. Pronto siguen agregándose nuevos elementos: Gafas para el sol, un vaso de jugo de naranja bien frio pudiendo sentir las gotas que descienden de él al hacer contacto con su piel.

Pronto comienza a disfrutar lo que está aconteciendo: *"¡Ah...! ¿Pero aquí falta lo más importante?"*, exclama. Haciendo luego aparecer inmediatamente a su amor, sentada en una silla contemplando el horizonte. Aparece también su amigo Pedro Pablo que viene caminando desde la puerta de la habitación, se le acerca hasta colocarse en frente, le toma de los hombros y lo zarandea diciéndole: *"¡Danny, Danny...!"*. El sonido de su voz se hace cada vez más pronunciado, provocando que el cuerpo de Danny sea succionado a una velocidad enorme por el mismo pasadizo en que había llegado. Hasta que...

Abriendo los ojos advierte que la inoportuna figura de Pedro Pablo continuaba llamándole: *"¡Danny, Danny!"*, logrando despertarle.

Danny: *"¡Ay... Pedrito!, ¿No podías llegar en otro momento?"*. Le reclama volteándose hacia el lado opuesto, sintiendo un ligero dolor de cabeza.

Pedro Pablo: *"¿Cómo te fue dormilón?"*.

Danny: *"He tenido el sueño más real de mi vida, sentía que todo lo podía con sólo imaginarlo, cuando de repente llegas tu y todo se esfuma"*. Pedro Pablo lo observa con atención mostrando una sonrisa al ver que su amigo se encuentra menos angustiado por los resultados de esa mañana. Hay una pausa entre ambos, Danny se lleva las manos a la cara deseando seguir en lo que andaba.

Pedro Pablo: *"¿Bueno, me vas a contar por qué regresaste al hospital sin decir nada?"*.

Danny: *"¡Hum!"*, emite un sonido mirándolo fijamente a los ojos.

Pedro Pablo: *"¿Oye, me estas asustando?"*. Se levanta del borde de la cama donde se encontraba sentado, cruza los brazos y coloca los pies como en una pose de modelaje.

Danny: *"¡No pasa nada, sólo logré una cita con Kelly!"*, se incorpora de la cama quedando sentado apoyándose con los brazos estirados hacia atrás.

Pedro Pablo: *"¿Pero ella ya no te examinó hoy, para cuando es la próxima cita?"*. Le pregunta llevándose una mano a la cintura.

Danny: *"No esa clase de cita que estas pensando"*, le dice inclinando la cabeza hacia un lado y achicando la abertura de uno de sus ojos.

Pedro Pablo: *"¿Pero qué estás diciendo pillín, al final te has salido con la tuya?"*. Levantando los brazos en señal de victoria continúa bastante exaltado: *"¡La felicidad ha regresado nuevamente a esta casa!"*, sale caminando de la habitación y se dirige hacia la cocina, Danny se levanta y lo sigue. Un hermoso ramo de flores coloridas perfuma el lugar. Pedro Pablo las desenvuelve posándolas en un jarrón de cristal añadiéndole un poco de agua.

"¡Esto hay que celebrarlo…!", dice agitando sus brazos, colocando ambas manos bajo las axilas del mismo lado del cuerpo, semejando un gallo revoloteando. Esa es una acción que repite con mucha frecuencia cuando se alegra y a Danny le hace reír mucho. Pedrito se desinhibe muy fácilmente y no tiene complejos de que lo vean haciendo estas cosas.

Danny: *"¡Cálmate ya…, es un encuentro y nada más!"*.

Pedro Pablo: *"Yo por si acaso…"*, va diciendo en camino hacia el mostrador, abre la puerta de uno de los gabinetes de la cocina, saca una vela blanca que luego enciende y pone en un rinconcito, continuando: *"¡Le voy a pedir mucho a la virgen para que todo salga bien!"*.

Danny: *"¡Gracias!, espero que funcione. Voy a necesitar cualquier ayuda posible"*, se le acerca dándole un abrazo, poniéndole una de sus manos en la despoblada cabeza.

OFICINA DE HOMICIDIOS
Capítulo 6

La oficina del inspector Alex Sullivan de homicidios de Miami, encargado del caso de la muerte de la enfermera Ivon; se encuentra cerrada. Se puede escuchar la conversación que sostiene con el Dr. Velutti desde el pasillo del inmueble.

Dr. Velutti: *"¡Buenas inspector!, ¿Tiene alguna noticia del caso de la enfermera Ivon?"*. Pregunta preocupado el galeno.

Sullivan: *"¡Buenas Dr. Velutti!"*, responde: *"lo llamaba para informarle un poco del estado de la investigación que me ha sido encomendada. Éste es un caso difícil"*, haciendo una pausa continúa: *"Los resultados no arrojaron huellas, solamente las del personal que acostumbra a trabajar en esa sección"*.

Dr. Velutti: *"¿Pero..., entonces existe algún sospechoso en concreto?"*.

Sullivan: *"¡Todavía no doctor!, el fallecimiento de la enfermera es muy extraño, ella poseía muy buen estado físico y no padecía de enfermedades o antecedentes de enfermedad alguno"*.

Dr. Velutti: *"¿Entonces a que se debió su muerte?"*.

Sullivan: *"¡A eso iba doctor!"*, le interrumpe: *"los resultados preliminares del patólogo forense demuestran que la causa aparente de muerte ha sido determinada por asfixia, en particular por estrangulamiento. La víctima presenta compresión del cuello, sin ningún tipo de huellas dactilares, con presencia de algunas petequias en la cara. Todo parece indicar que el hecho fue cometido con guantes, pero no se ha encontrado ningún resto de fibra en el lugar de los hechos"*.

Dr. Velutti: *"Parece como si fuese hecho por profesionales, ¿No es cierto?"*.

Sullivan: *"No sabemos, pero es una posibilidad"*, hace una pausa el inspector y le pregunta nuevamente: *"¿Usted cree que exista la posibilidad que alguien quisiera hacerle daño a la enfermera?, ¿Qué tipo de trabajo realizaba?"*.

Dr. Velutti: *"Ella era muy buena en lo que hacía, tenía mucho futuro en el campo de la medicina. Era muy entregada a su trabajo, el cual consistía en atender a unos pacientes que participan en un estudio de un nuevo medicamento, del cual no puedo hablar mucho. Este medicamento está en fase experimental y se mantiene en curso actualmente"*.

El inspector Sullivan mientras escucha atentamente, toma notas en su nueva libreta de apuntes. Escoge una libreta nueva para cada caso, así puede archivarlos con facilidad. Es una persona extremadamente obsesiva con sus investigaciones, así lo demuestran el resto de las innumerables libretas de casos pasados; acomodadas unas junto a las otras. Bien etiquetadas adornan una de las paredes de su oficina formando parte del librero. Toda una sección para ellas, teniendo como compañeros: algunos ejemplares de criminalística, leyes, homicidios y anatomía patológica. El señor Sullivan es un ferviente lector y le gusta mantenerse al día en cuanto a su especialidad se refiere. Pasa los 65 años de edad, la experiencia se acumula en cada pliegue de su arrugado rostro y en la nieve que cubre el pico de su montaña; los párpados caídos dan la sensación de estar siempre cansado. Casi no abre la boca al hablar, es una persona carente de labios con un bigote abundante teñido de color amarillo por la nicotina de sus cigarrillos.

Sullivan: *"¡Muy interesante!, voy a necesitar más datos de esa investigación suya. Yo me pondré en contacto con usted si se me presenta alguna otra inquietud; por ahora es todo lo que tenemos. ¡Que pase buen día!"*.

Dr. Velutti: *"¡Que pase buen día inspector, aquí me tiene para lo que guste!"*, terminan la conversación con el sonido de ambos teléfonos cuando son colgados.

Esa misma mañana en el hospital...

Tras el imperante silencio después de toda una calmada noche, gritos despavoridos se escuchan sin cesar en la sala de Psiquiatría como si fuese la alarma de guerra en un edificio militar. La enfermera de guardia ha notado que tres de los pacientes que se encuentran en una de las habitaciones regulares, no pertenecientes al área destinada para el estudio que se realiza; no responden al llamado dulce de su voz cuando intenta entregarles sus medicamentos, como es costumbre cada mañana. El guardia de seguridad del pabellón se encuentra sentado con su silla inclinada hacia atrás, el respaldar recostado a la pared y las patas anteriores elevadas como caballo que se prepara para una envestida. Al escuchar semejante alboroto casi cae, pero... logrando abrir sus brazos y piernas logra el equilibrio. Acudiendo rápidamente deja escuchar el resonar de sus llaves como cascabeles de navidad. Tropieza dejando caer su gorra, regresando como centella la recoge y continúa corriendo a toda velocidad hacia el lugar desde donde se escuchan los desgarradores gritos.

Guardia: *"¡Que pasa...!"*, entra aplicando los frenos, mientras sus pies resbalan como mantequilla en el piso pulido.

Enfermera: *"¡AHHHhhhhhh, AHHHhhh...!"*. No deja de gritar con una cara de pánico aterradora. Las manos en su rostro quieren tapar el horror que observa, pero no puede evitar entreabrir sus dedos y seguir contemplando el tétrico panorama. Su cuerpo ya no puede retroceder más, la pared de la habitación se lo impide. En el suelo se puede ver la bandeja con varios vasitos plásticos que salieron como cartuchos disparados de una escopeta de caza, siendo las pastillas los perdigones que se esparcieron en todas direcciones al caer la bandeja.

Guardia:*" ¿Pero qué es esto?"*, se pregunta horrorizado llevándose ambas manos a la cabeza, acción que le hace caer nuevamente su gorra; esta vez sin detenerse a recogerla.

Los tres pacientes en sus respectivas camas muestran la imagen de haber luchado; uno agarrando sus sábanas fuertemente, otro con las manos en su cuello, las piernas en diferentes posiciones, tan gráficas que se puede imaginar el pataleteo por la sofocación y la impotencia por la limitación de movimiento al que fueron sometidos. Todos tienen algo en común, sus cuellos y cabezas tenían un color muy oscuro por la cianosis y les brota sangre aún fresca por las narices.

La enfermera no aguanta más y sale a todo correr hacia la estación de enfermería, donde se encierra desde dentro. Alcanzando el teléfono da parte a las autoridades de lo que está sucediendo. El guardia de seguridad de igual manera sosteniendo su radio, rinde parte a sus superiores.

La tranquilidad apenas dura unos minutos, pronto el lugar se llena de policías que acordonan la zona e impiden el paso; permitiendo sólo el del personal que atendería al resto de los pacientes de la sala bajo estrictas normas de vigilancia y seguridad. El inspector Sullivan tampoco se hace esperar, al escuchar lo ocurrido acude de inmediato a la escena. Ahora está convencido que la muerte de la enfermera Ivon no ha sido a consecuencia de algún mal funcionamiento de su cuerpo; por el contrario, ahora todo indica que ha sido asesinada de igual manera que los tres pacientes encontrados esta mañana

El proceso de búsqueda de huellas, interrogatorio y más, ha comenzado; hay más luces de cámaras fotográficas que destellos en una discoteca. El despliegue policial de la ciudad de Miami es tomado muy en serio, podemos decir que demasiado en algunas ocasiones si existen muertes involucradas en los hechos.

El inspector de homicidios Sullivan se encierra nuevamente en la oficina con el Dr. Velutti en cuanto éste hace su entrada.

Dr. Velutti: *"¿No comprendo inspector, cómo es posible que esto ocurra en mi sala?, aquí sólo se escucha la voz de algún que otro enfermo cuando esta descompensado. No pasa de algún forcejeo momentáneo, enseguida comenzamos sus tratamientos para estabilizarlos y así nos aseguramos que no corra peligro nadie en esta institución"*, explica desesperadamente caminando de un lugar a otro.

Sullivan: *"¡Cálmese doctor!, ya no hay nada que hacer, sólo seguir la investigación que nos lleve al autor o autores de estos crímenes"*. El inspector se sienta en la silla frente al buró del galeno y le hace una señal con su brazo extendido apuntándole con la palma de la mano hacia arriba para que se sentase en su butacón.

El doctor Velutti lo observa con cara de preocupación advirtiendo que Sullivan está muy calmado. Se dirige hacia su butacón y se sienta, diciendo: *"Desde que murió la enfermera Ivon hace unos días, no hemos estado tranquilos. No sé si habrá notado que instalamos unas cámaras de vigilancia en los pasillos para el chequeo de cualquier cosa que pase en la institución. No podemos colocarlas dentro de los cuartos para no violar la privacidad, ¿Usted me entiende, verdad?"*.

Sullivan: *"¡Lo comprendo perfectamente doctor!, me parece muy bien que haya tomado la determinación de instalar esas cámaras, porque no sólo le ayudarán a usted con los pacientes; sino que nos pueden ayudar a nosotros a descifrar estos asesinatos, así podremos ver quien ha entrado en esa habitación"*.

Dr. Velutti: *"¡Sígame inspector!, le voy a mostrar el video de la noche a ver si encontramos al causante de esta desgracia".*

Ambos se ponen de pie al mismo tiempo saliendo de la oficina. Se dirigen hacia la entrada del pabellón donde se encuentra la estación del guardia de seguridad con las máquinas que graban los videos de vigilancia. El guardia rebobina el video y comienza a pasarlo a una velocidad rápida para ver si notan a alguien en los pasillos durante la noche; pero desafortunadamente no observan a nadie entrar ni salir de la habitación, excepto la enfermera que descubrió los cuerpos.

"¡Es muy extraño doctor!", dice poniendo una mano en el mentón y la otra sosteniendo el codo del brazo flexionado, continuando luego: *"Voy a necesitar una copia de estos videos para examinarlos detenidamente y ya veremos que arroja el informe del patólogo forense. Por otra parte la enfermera de turno será llevada a la unidad de policías para un interrogatorio de rutina".*

Dr. Velutti: *"¡Si, si, no se preocupe!, cuente con todo nuestro apoyo para lo que necesite".*

Los cadáveres son retirados para practicarles la autopsia y la enfermera es escoltada por dos policías hacia la salida. El panorama de la sala de Psiquiatría se ha tornado tétrico y escalofriante.

Posteriormente en la morgue...

En la morgue, nada diferente a las morgues que estamos acostumbrados a ver en cualquier material visual o el que haya tenido la oportunidad de verlas personalmente. Tenebrosa, con un toque del sonido de los frigoríficos para almacenar los cadáveres. Las mesas frías de acero inoxidables con luces concentradas sobre ellas como mesas de billar, sillas móviles, mesitas con herramientas portando el famoso escarpelo usado para hacer cortes en tejidos blandos como la piel y otros órganos vitales, sierras para cortes de tejidos duros como huesos; sobre todo para poder abrir el cráneo y los cartílagos en el caso de las articulaciones. También pueden apreciarse las tijeras y muchos otros instrumentos necesarios para facilitar el trabajo que no muchos estarían dispuestos a realizar.

El olor es peculiar, el formol es uno de los más característicos por su capacidad penetrante, que a veces hace llorar; usado para conservar las muestras de tejido evitando la descomposición. De esa manera se les da más tiempo a los histólogos para que preparen las mismas y luego sean observadas al microscopio. Por otra parte se percibe una mezcla de los olores de líquidos corporales y gases nada agradables que el cuerpo expide, sin contar con el trabajo de las bacterias anaerobias, las cuales colaboran demoliendo todo a su alrededor; impregnando inevitablemente la ropa de semejante aroma.

Sobre las mesas se encuentran los tres cuerpos con las autopsias terminadas, unas sabanas blancas los cubren; están bien etiquetados en los dedos gruesos del pie derecho para que no exista confusión al identificarlos. El patólogo forense, un hombre canoso de la tercera edad y gruesos espejuelos, completa los formularios que le exigen en cada caso; documentando con lujo de detalles los hallazgos. Su labor es interrumpida por el sonido de la puerta al abrirse, lo que le hace voltear la cabeza, luego sonríe y dice: *"¡Inspector Sullivan!, sabía que vendría lo antes posible, su nombre aparece como encargado del caso, pero de igual manera lo hubiese llamado en unos minutos"*.

Sullivan: *"¿Cómo esta Dr. Cohen?"*, le estrecha la mano por un momento, luego la retira y la vuelve a introducir dentro de su saco.

Dr. Cohen: *"¡Todo muy bien inspector!"*. Hace una pausa, se voltea hacia la mesa que tiene a sus espaldas haciendo rodar la silla; llegando hasta las historias clínicas de los pacientes del psiquiátrico, preguntando: *"¿Me imagino que viene por esto, no?"*.

El inspector con audacia le arrebata las historias clínicas de las manos al médico sentándose en una banqueta contigua y comienza a hojearlas rápidamente, como si se las fuesen a quitar.

Dr. Cohen: *"Con calma amigo mío, no se apresure..."*, le dice en un tono burlón cerrándole con ambas manos la que lee. Poniéndose de pie le hace señas para que le siga, mientras tanto Sullivan le observa. Se detiene frente a uno de los cadáveres apartando la sábana ligeramente amarillenta, embebida de suero corpóreo. Sullivan se levanta acercándose lentamente por la espalda del Dr. Cohen. Éste destapa un frasquito de mentol al cual el inspector le introduce el dedo índice y se lo frota por sus orificios nasales para mitigar el mal olor.

Dr. Cohen: *"¿Qué observa?"*, le pregunta alcanzando un separador de tejidos.

Sullivan: *"Dígame usted que es el experto"*, le responde levantando los hombros con ignorancia en su expresión facial.

Con el separador de tejidos comienza a señalar el cuello argumentando: *"Todos los pacientes del psiquiátrico presentaron hipoxia o falta de oxígeno que se les refleja claramente desde la base del cuello hacia la cabeza; esto se denomina cianosis en esclavina. Además presentaron sangramiento nasal por compresión, no es más que una válvula de escape de la sangre al aumento de la presión sanguínea en la parte de la cabeza y que no puede regresar hacia el tórax nuevamente, o sea..."*.

Sullivan interrumpe la disertación médica al exponer: *"O sea, que los pacientes fueron estrangulados, o al menos eso parece"*.

Dr. Cohen: *"Así es mi querido amigo, pero eso no es todo"*, cubre nuevamente al cadáver dirigiéndose luego hacia un equipo que enciende proyectando una imagen en la pared, continuando: *"Esta es una vista microscópica aumentada del tejido nervioso de uno de los pacientes, sólo le muestro éste porque los otros dos se comportaron de igual forma. Aquí se puede ver los daños causados por la hipoxia del tejido encefálico; pero lo curioso es que si observa bien aquí"*, señalando muy enfáticamente y dando golpecitos con el dedo sobre la imagen proyectada, continúa: *"La médula oblongada, que es la primera porción intracraneal del sistema nervioso central y como usted conoce bien es continuación de la médula espinal ha sido seccionada totalmente; más bien yo diría desgarrada. Esto me recuerda las medulas de los cadáveres que han fallecido por ahorcamiento desde alturas. Cuando se estira la soga, el cuerpo es tan pesado que estira la médula y puede llegar a romperla y justo allí...",* alargando la frase levanta el dedo índice: *"se encuentra el centro respiratorio central de cada ser humano".*

Sullivan: *"¿Entonces podemos decir que la causa de muerte fue por el seccionamiento medular?".*

Dr. Cohen: *"¡Usted lo ha dicho correctamente!",* afirma lo mencionado apuntando con el índice pero ahora hacia Sullivan, continuando: *"¡Entre las 12:00 y las 3:00 de la mañana de hoy!".*

El inspector se encuentra en un estado de incomprensión total, no deja de preguntarse: *"¿Cómo es posible que tres personas fallezcan en la misma habitación a la misma hora, sin huellas..., de la misma forma?".*

Dr. Cohen: *"Al encontrar estos hallazgos, nos dimos a la tarea de volver a examinar las muestras de la enfermera de hace unos días, ¿Y adivine qué?. ¡Exactamente todo coincide!".* Llevándose ahora las manos a la espalda, sosteniéndolas; camina con la cabeza hacia abajo y pregunta: *"¿Lo que no me explico es por qué la cianosis únicamente en el cuello y la cabeza si iban a morir de hipoxia de todas formas?".*

Sullivan: *"¡Yo creo tener la respuesta de ese enigma! Evidentemente el asesino o los asesinos no querían que los pacientes ni la enfermera, emitieran sonido alguno. ¿Pero cómo hacer para que se rompa la médula de esa forma?".* Rascándose la cabeza con la mano izquierda le ofrece la derecha en despedida.

Dr. Cohen: *"¿Ya se retira?, porque hay mas...",* vuelve a hacer otra pausa y continua: *"Ahora es que esto se pone bueno, ¿Se va a perder los finales?".*

Sullivan: *"Hum...",* aclara su garganta: *"¡Por nada me lo perdería, esto es un acertijo que tengo que resolver a como dé lugar! ¿Qué tiene bajo la manga Dr.?".*

Dr. Cohen: *"¡Sígame, por favor!",* encaminándose ahora hacia otra mesa de acero inoxidable que se encuentra del otro lado de los pacientes. Tres bultos cubiertos también por sábanas adornan la mesa hacia su centro. Se puede distinguir la sangre y líquidos que salen por debajo de ellas por el declive hacia el tragante. El patólogo retira las mismas exponiendo un manojo de vísceras torácicas y abdominales de cada uno de los pacientes que huelen a perro muerto en la carretera. Ambos se colocan guantes para poder manosear bien las piezas a su antojo.

Dr. Cohen: *"¿Y ahora qué ve?",* le pregunta posicionándose frente al inspector mirándole por encima de los lentes.

Sullivan: *"¿Pero vamos a comenzar de nuevo doctor?",* pregunta incómodo por la insistencia de la pregunta.

Dr. Cohen: *"En este caso no se trata de ser médico o tener conocimientos de patología, si no de ser un buen lector"*, Sullivan le escucha sin entender sus palabras. El doctor Cohen se inclina sobre uno de los montículos de vísceras para poder alcanzarlas, ya que su estatura no es su mejor dote. Volcándole el hígado al revés por el lado que está en comunicación con los intestinos; que a su vez es la parte cóncava del órgano, continúa: *"¿Y ahora?"*.Pregunta nuevamente.

Sullivan: *"¡Oh, Dios…, no lo puedo creer…!"*, la reacción no se hace esperar. Sorprendido el detective coloca la parte dorsal de su mano derecha sobre la boca y los ojos casi se le salen por lo que observaba. Rápidamente voltea el segundo hígado e inmediatamente el tercero, preguntando: *"¿Pero cómo es posible esto?"*. En esa región del hígado, muy cerca de donde se encuentra la vesícula biliar se puede leer lo que parecen letras y números: dos iníciales hechas como cortaduras pequeñas en líneas no muy bien acomodadas, más bien al descuido; pero que moldean un *"número 7"* y una *"letra W mayúscula"*. (7W)

Dr. Cohen: *"No sé qué significado tendrá, ni cómo llegaron allí, pero también estaban en el hígado de la enfermera. Ya eso le tocará a usted averiguarlo, que para eso es el experto, ¿NO…?"*. Le enfatiza en lo último de la frase y le sonríe. El inspector Sullivan le corresponde con otra sonrisa, se extienden la mano limando cualquier aspereza; luego continúan conversando y examinando las piezas detenidamente para ver si logran encontrar más detalles.

El NUEVO MUNDO

Capítulo 7

Pasadas las 10:20 de la noche, Danny se encuentra en la habitación de casa de Pedro Pablo pasando los días de recuperación. No puede conciliar el sueño, el dolor de cabeza le continúa asediando; para el cual ya ha tomado sus analgésicos. No deja de pensar que al día siguiente podría ver nuevamente a quien le ha arrebatado los pensamientos en estos últimos días.

Pedro Pablo ya se ha retirado a descansar también, debe trabajar muy temprano y el casino se encuentra retirado de su casa. El tráfico se pone pesado en las mañanas, así que le resulta más conveniente madrugar; saliendo antes que las demás personas de la ciudad que acostumbran a remolonear.

Mientras Danny da vueltas en la cama, Kelly penetra su mente una y otra vez como una canción que se repite sin parar. Advierte nuevamente que cada vez que cierra los ojos por un corto plazo comienza a ver el túnel gris-azulado que ha visto antes. Esto le produce un poco de temor, pues ya se está volviendo más frecuente. Varias veces repite la operación de abrir y cerrar los ojos consiguiendo el mismo resultado, ahí se encuentra nuevamente el bendito túnel y piensa: *"¿Por qué estoy viendo esto cuando cierro los ojos en vez de dormir plácidamente?"*. Se sienta en la cama llevándose las manos a la cara con los codos apoyados sobre las rodillas y continúa pensando: *"Vamos Danny, tu nunca has sido cobarde, seguro que esto es pasajero como consecuencia de la operación"*.

Recostándose nuevamente, hace una inspiración profunda como lo hacía cuando pescaba bajo el agua en sus ratos libres, dejando salir el aire muy lentamente; volviendo a cerrar los párpados. Luego introduciéndose en el túnel en dirección al espacio en blanco al final del mismo, donde lo que piensa o desea aparece al instante. Sin llegar al final se le antoja regresar y retrocede de inmediato, volviendo a abrir los ojos. Con las veces que entra y sale del mismo, se va haciendo familiar perdiendo el temor que le invade; dándose cuenta que puede entrar y salir de un estado de vigilia al sueño profundo y viceversa en cuestión de milisegundos. Es lo más raro que le ha sucedido, pero la curiosidad lo cautiva. Le resulta tan interesante que se compara cual pintor con un lienzo nuevo cada vez que entra en ese espacio en blanco, rellenándolo a su antojo con las cosas más inverosímiles: colores, sabores, olores y formas. *"Ya quisieran los pintores poder hacer todo esto"*, piensa.

Cada vez que hacemos las mismas cosas, se hacen rutina y siempre queremos ir un poco más allá; así es la naturaleza humana. Somos atrevidos y aún más con la juventud, donde el miedo no tiene cabida entre el pecho y la espalda, por eso la juventud no mide las consecuencias de sus actos. Lo que se va a hacer, se hace y ya...

Danny una vez más entra en el túnel como de costumbre, pero en esta oportunidad en vez de continuar hacia la luz blanca del fondo, quiere saber qué hay detrás de esas paredes destellantes que conforman el pasadizo. Inclinando la cabeza hacia un lateral, fuerza el cuerpo hacia esa dirección penetrando en la pared. Puede sentirla con una densidad mayor que el interior del pasadizo donde se mueve con ligereza; al atravesarla el túnel desaparece como por acto de magia.

El lugar al que ha arribado detrás de aquellas paredes es diferente por completo, puede sentir frialdad, poca luz y una apariencia tenebrosa. *"¿Qué es este lugar?"*, se pregunta en alta voz. Permanece flotando como burbuja de jabón, mientras observa que su cuerpo ilumina el entorno con un aspecto fantasmal. No se aleja del lugar por temor a perderse. Alrededor suyo se encuentran cientos de miles de conductos grises-azulados que destellan exactamente iguales al que ha dejado, con la diferencia que algunos tienen un color más rojizo y emiten un sonido grave como de cuerdas de un Bajo *(Instrumento musical)*; terminando en un eco que semeja el motor de una avioneta de fumigación desvaneciéndose en la distancia. Intenta varias veces hacer aparecer cosas al imaginarlas, pero nada ocurre. Definitivamente no se encuentra en el mismo lugar donde tiene poder sobre su imaginación.

Mirando hacia sus piernas percibe que éstas se encuentran conectadas a lo que parece una ampolla grande y brillante a cierta distancia de ahí por una especie de estela lumínica. Comienza a moverse mientras va dejando un rastro blanquecino manteniendo la conexión, lo que le hace pensar que puede servirle de guía para no extraviarse desde donde ha venido y sin pensarlo dos veces comienza a explorar.

El espacio no parece tan infinito, pues la vista se pierde en una neblina hacia el horizonte donde quiera que voltease para ver. Los conductos que observa son móviles, se bambolean lentamente hacia los lados, soltando algunas chispas cuando se tocaban unos contra otros aunque los rojizos lo hacen más rápido y dan algunas sacudidas fuertes. Pero lo más impresionante es sin duda alguna el sonido que se desprende de ellos. Otros conductos permanecen unidos entre sí por más tiempo como lombrices enroscadas.

El origen de los mismos comienza en una ampolla brillante igual a la que él se encuentra atado pero a diferentes niveles de altura, extendiéndose hacia una especie de ovillo inmenso y central; donde todos ellos convergen. Mezclándose y torciéndose unos con otros, semejan una especie de Madeja.

Algo muy interesante ocurre aquí, algunas ampollas se estiran dando origen a los conductos grises-azulados y ascienden hacia la madeja como las anémonas marinas hasta hacer la conexión. Otras ampollas no poseen sus conductos, sólo presentan una pequeña elongación que no asciende hacia la Madeja; se encuentran como atrofiadas.

La ampolla más cercana que puede observar es tan brillante como las otras, en su interior se distingue la forma de un cuerpo humano y para su sorpresa, puede identificar el rostro de Pedro Pablo. Su cuerpo fantasmal yace tendido horizontalmente con los brazos abiertos como si estuviese crucificado, al igual que los otros cuerpos a su alrededor; parece muy tranquilo con sus ojos cerrados e inmóvil.

Danny: *"¿En realidad, cuál es el contenido de esa ampolla transparente con cuerpos dentro?"*, se pregunta.

No tardan sus manos en querer tocar tan sorprendente hallazgo, su cuerpo penetra lentamente dentro de aquella estructura, siendo absorbido y transportado a través de ese

40

conducto, igual al que ha escapado. Siendo llevado hacia la luz al final del mismo, está siendo conducido al sueño de Pedro Pablo.

Danny aparece en un Oasis en medio de un desierto sin calor, repleto de palmeras que brindan mucha sombra. Se esconde entre ellas pudiendo observar desde allí a Pedro Pablo que yace sobre una alfombra de lana muy colorida e inmensa. Rodeado de mancebos, unos le dan masajes en sus pies, otros en los hombros le frotan aceites perfumados; mientras su espalda reposa en flamantes cojines dorados. Los bailarines no se hacen esperar, danzan ante él cual sultán, trayéndole uvas frescas y húmedas. Es todo un espectáculo, parece una obra teatral de las mil y una noches en versión sólo masculina. La música es relajante y acogedora, una docena de apuestos músicos tocan flautas e instrumentos de cuerda deleitando sus oídos.

A Danny le parece imposible que esté presente en el sueño de Pedro Pablo. Todo esto es muy confuso, pero al mismo tiempo es muy real. Se siente afortunado por tal experiencia y no puede resistir presentarse ante el sultán que lleva un turbante de plumas de pavorreal.

Se acerca muy despacio apartando a cada bailarín que se cruza en su camino despejando la vista para atraer su atención.

Pedro Pablo: *"¿Y tú qué haces aquí?"*, pregunta muy sorprendido. Apartando las manos de los masajistas de encima de su cuerpo con un gesto de la suya hacia detrás como espantando moscas, se pone de pie; luego amputa los música de igual manera, para posteriormente marchar hacia él.

Danny: *"No pude resistir la tentación de visitarte, pues desde lejos se escuchaba la música"*. En un tono sarcástico con las manos detrás de la espalda camina admirando cada detalle de la decoración.

Pedro Pablo: *"¡Pero será posible que me interrumpas en mis momentos de placer más íntimos, debiste ponerte tapones en los oídos!"*, dice llevándose las manos a la cintura y con la cara molesta, hasta las plumas de pavo real descienden como si se derritieran.

Danny: *"Yo iba a tocar la puerta..., pero no hay... y de igual manera la música no te dejaría escuchar"*, se burla de sus palabras. Sacando sus brazos de atrás, le enseña entre sus manos dos cervezas heladas. Los deseos de Danny vuelven a cumplirse instantáneamente al imaginarse algo, aún sin estar en su propio sueño; lo cual le sorprende. Luego procede a ofrecerle una de las refrescantes birras a su amigo.

Pedro Pablo: *"¡Bueno..., ahora sí que estás en algo!"*, aceptando la cerveza la lleva hasta sus labios bebiéndola a grandes tragos hasta que la termina: *"¡Ahhhh...!"*, exhala abriendo los brazos dejando la cabeza hacia arriba, continuando: *"¡Esto sí es vida...!"*. Al bajar la cabeza nuevamente advierte que su amigo ya no se encuentra a su lado, mira hacia todas partes pero no logra encontrarlo. Posteriormente chasqueando los dedos, se peina las plumas de pavorreal hacia arriba y exclama: *"¿Por dónde nos habíamos quedado muchachos?"*. Diciendo esto se tumba como lechón bajo la palmera y le caen los mancebos como abeja al panal.

41

Danny se ha marchado, no quiere interrumpir los momentos de ocio de Pedrito. Sale por el túnel y justo antes de llegar a la ampolla, atraviesa el conducto nuevamente hacia el espacio intertubular. Así le ha llamado al espacio entre los conductos para ir identificando estas nuevas estructuras en el tan interesante mundo de la Madeja. Tal como lo había pensado la estela blanquecina se mantiene efectivamente ligada a su ampolla sirviéndole de guía. Le resulta muy fácil seguir su rastro, su cuerpo ilumina el entorno como una lámpara en el corto trayecto hacia ella. Ha sacado la conclusión que por la cercanía de las ampollas entre la de Pedro Pablo y la suya, se encuentran geográficamente distribuidas.

No deja de pensar en todo lo que está aconteciendo, hasta ha dejado de pensar en su cita con Kelly esa noche. Echando una última mirada a su nuevo mundo, retorna la mirada a su ampolla donde observa su cuerpo tranquilamente. Introduciendo las manos, se sumerge en él hasta que la luz que le acompaña desaparece como si se fuese apagando una vela lentamente.

Al amanecer, Danny se incorpora de la cama dando tumbos hacia el espejo del baño, siente que no ha descansado mucho; aún sigue pensando en lo que ha pasado pero duda mucho que haya sucedido, pues quién no ha tenido un sueño tan real que crees que es cierto. Se baña como de costumbre dejando correr la espuma del jabón por su atlético cuerpo, cepilla los blancos dientes que esconde detrás de sus carnosos labios. Al salir del baño escoge entre la poca ropa que ha traído para estos días, se la pone y sale hacia la cocina donde ya Pedro Pablo se encuentra silbando una melodía muy similar a la que Danny ha escuchado en el sueño de su amigo: *"¡No!, deben ser imaginaciones mías"*, piensa mientras sostiene una taza y le echa jugo de Melón.

Pedro Pablo:" *¡Buenos días Danny!, ¿Dormiste bien?"*, le pregunta moviéndose de un lado a otro con bastante prisa, ya esta vestido y casi listo para salir al trabajo.

Danny: *"¡No lo creo, porque soñé contigo! ¿Y tú, dormiste bien?"*, ofreciéndole una sonrisa cansada.

Pedro Pablo: *"Pues qué lástima, porque yo sí... ¡Estaba en el paraíso!"*, dijo poniéndose uno de los trapitos de la cocina en su descabellada cabeza como un turbante y hace como si estuviese peinando las plumas del centro, continuando: *"También soñé contigo..., viniste a sonsacarme de mis actividades y hasta me brindaste cerveza; la cual me bebí en el acto. Pero tu... PUFFF, te esfumaste y de lo que me alegro, porque gocé cantidad"*.

Danny ha quedado perplejo. Sosteniendo una silla se sienta ante la noticia, todo viene a su mente en un segundo. Recorre su sueño a la velocidad de la luz y se pregunta: *"¡Entonces si pasó, es cierto todo lo que soñé...!"*, su rostro ha quedado petrificado.

Pedro Pablo: *"Danny, ¡qué te ocurre!, ¿Alguien ha dicho RAID?, te has quedado mas pasmado que una cucaracha después de rosearla con el insecticida"*. (RAID= Marca de Insecticida)

Danny: *"No es nada, sólo que recordé que hoy es mi gran día y no dejo de pensar en eso"*.

Pedro Pablo: *"¡Ay niño, como si nunca hubieses tenido una cita! Bueno te dejo, que se me hace tarde"*, sale por la puerta a toda velocidad pero… cuando ya está por cerrarla la vuelve a abrir y saca su brillante cabeza diciendo:*" ¡Luego me cuentas, que me muero por saber, chao…!"*, posteriormente cierra la puerta escuchándose el cerrojo.

Danny sigue pensativo, no ha escuchado nada de lo que le ha dicho Pedrito pensando en todo lo que le ha ocurrido durante la noche. ¿Qué pasará con sus sueños?, ¿Será temporal o será permanente su situación? , ¿Qué repercusiones a su salud le traerá toda esta odisea?, No deja de preguntarse a medida que transcurre el día.

De regreso con el inspector…

Esa misma mañana tan pronto se levanta el inspector Sullivan, se dirige al hospital para llevar a cabo otro encuentro en persona con el Dr. Velutti. Al llegar a la sala de Psiquiatría, la cual posee un aspecto más de cárcel que de sanatorio; se encuentra con el guardia de seguridad.

Sullivan: *"¡Buenos días!"*, le dice mostrándole la identificación de investigador.

Guardia: *"¡Ah!, inspector"*, le contesta el guardia oprimiendo un botón que hace emitir un sonido de chicharra, el cual abre la puerta enrejada. Sullivan entra y vuelve a cerrar la puerta, pero en vez de continuar hacia el interior se dirige al guardia.

Sullivan: *"Si no me equivoco usted fue el guardia de seguridad que interrogamos tras la muerte de los pacientes, ¿Cierto?"*.

Guardia: *"¡Así es señor!, yo era quien se encontraba de guardia esa noche"*. El guardia se pone de pie llevando sus manos hacia su ancho cinturón introduciendo los dedos pulgares tras el mismo.

Sullivan: *"¿Me hace un favor? Quisiera que me llame a este número cuando termine su turno de trabajo"*, saca una tarjeta de su traje oscuro y se la entrega al guardia mirándole bien a los ojos.

Guardia: *"Como guste inspector, le llamaré sin falta en cuanto termine"*, le responde observando detenidamente la tarjeta depositándola en el bolsillo delantero de su camisa.

Sullivan: *"Muy bien, espero su llamada. ¡Que tenga un buen día!"*, diciendo esto emprende la marcha hacia la oficina del Dr. Velutti.

Guardia: *"¡Que pase buen día inspector!"*. Sorprendido, el guardia de seguridad con cara de asombro mantiene la vista en los pasos del inspector mientras avanza; posteriormente se sienta nuevamente en su silla reclinándose hacia la pared.

Sullivan llega a la puerta de la oficina del Dr. Velutti tocándola suavemente, pudiendo escucharse un… *"¡Adelante!"*, desde el interior.

43

Dr. Velutti: *"¡Qué sorpresa inspector, no esperaba su visita tan pronto!, ¿En qué puedo ayudarle?"*, muy cortésmente se pone de pie invitándole a tomar asiento.

Sullivan: *"Gracias, muy amable"*, se sienta cruzando una pierna por encima de la otra acomodándose de medio lado en la silla, mientras continúa: *"El motivo de mi visita inevitablemente es relacionado con algo que no puede esperar, ni podíamos hablarlo por teléfono, ¿Dispone de tiempo doctor?"*.

Dr. Velutti: *"Sí, sí, está bien, le escucho"*. Retrocede un poco acomodándose en el amplio espaldar de su butacón.

Sullivan: *"He encontrado unos hallazgos muy interesantes en cada uno de los pacientes, al igual que en la enfermera; quizá usted me pudiese ayudar a despejar algunas dudas que tengo"*.

Dr. Velutti: *"Me parece bien, pero me gustaría que me acompañase al salón de procedimientos, donde se está realizando el experimento del que le comenté y allí estaremos a solas también"*. Acto seguido se pone de pie abrochándose los últimos botones de su larga bata médica.

Sullivan: *"¿Solos dice?"*, se pone de pie de igual manera abrochándose los botones de su saco, continuando: *"¿No es que tiene pacientes en ese salón?"*.

El Dr. Velutti sonríe acercándose al inspector tocándole el centro de la espalda empujándolo suavemente para que se voltee y comience a caminar junto a él, llevándole hacia la puerta.

Dr. Velutti: *"Créame inspector que esos pacientes tienen oídos, pero no podrán escuchar nada de lo que hablemos"*, salen ambos al pasillo cerrando la puerta y siguen caminando hacia el salón de procedimientos. Al llegar el galeno abre la puerta e invita a pasar al inspector, haciéndolo él posteriormente.

Dr. Velutti: *"Déjenos a solas por favor"*, se refiere a la enfermera que cuida a los pacientes de las tres estaciones, señalándole el camino de salida.

Enfermera: *"Sí, Dr. Velutti, estaré en la enfermería por si me necesita"*. Se retira la enfermera mirando con curiosidad al visitante.

Dr. Velutti: *"Están bajo mucha presión, todo esto que ha pasado nos tiene a todos muy nerviosos. Como puede imaginar, la dirección del hospital y este departamento han tomado una serie de medidas de precaución, seguridad, etc. para estar más protegidos; hasta saber qué es lo que está pasando"*. Mientras conversan, se acercan a la estación número tres pasando por alto las dos primeras.

Sullivan: *"¿Cómo puede estar tan seguro de que no escucharan nada de lo que estamos hablando?"*.

El galeno se voltea hacia Sullivan: *"Le explico inspector, para que entienda un poco sobre el sueño. Las personas al dormir pasan por diferentes etapas, unas 5 de ellas; denominándole REM a la ultima"*. Sullivan observa cada palabra que sale de sus labios mientras continúa explicando: *"En la etapa 1 entrar y salir del sueño es cosa fácil, pudiendo mover los ojos a voluntad. En la etapa 2 los ojos se detienen y las ondas cerebrales se tornan lentas con algunos esporádicos destellos, ya en las etapas 3 y 4 se sumergen en un sueño más profundo donde tampoco hay movimientos oculares; predominando la relajación muscular. En ellas es donde los niños: se orinan, caminan dormidos o les ocurre a muchos de ellos el terror nocturno y entonces entran en la etapa REM"*. Finalizando esto apunta con el índice hacia arriba dándole un poco de énfasis a la frase, continuando: *"Aquí es donde las funciones vitales se alteran un poco: los movimientos oculares se desordenan, la respiración aumenta, la temperatura se descontrola, los latidos cardiacos se vuelven vigorosos, aquí es donde los hombres tienen erecciones y aquí... es donde ocurren los sueños"*. Posteriormente le sostiene la muñeca a Max y por consiguiente su musculoso brazo, elevándolo hasta la altura de un pie aproximadamente para luego dejarlo caer. El brazo de Max cae con fuerza sobre el colchón de la cama rebotando inevitablemente, acto que sorprende y hace abrir los ojos a Sullivan quien no esperaba tal acción del médico. Es probable que el doctor haya querido impresionar al visitante escogiendo al más robusto de sus pacientes.

Sullivan: *"¿Pero doctor?"*, le reclama el inspector repudiando el acto.

El Dr. Velutti ignorando la reacción de Sullivan continúa: *"Como le decía inspector, estos pacientes están en un sueño profundo inducido por una droga muy potente, que es la droga en estudio (SEDALAST 800). Todas las etapas del sueño que antes le mencioné están controladas por el sistema nervioso central y en especial por una zona que se llama la zona reticular, ubicada en la médula oblongada. Cuando nos disponemos a dormir el cuerpo se va preparando, la zona reticular es una de las encargadas de ello: disminuye la respiración, los latidos cardiacos y sobre todo las sensaciones que provienen de los sentidos como: tacto, audición, olfato, etc. y de esta forma ella funciona como un interruptor. Al querer despertar, comienza el proceso inverso incrementando la sensibilidad de los órganos de los sentidos hasta que llega a la vigilia. Por lo tanto con toda la explicación que le he dado, intento demostrarle que estos pacientes no escuchan nada; ¿Espero que esté convencido?"*.

Sullivan: *"Me parece que su explicación ha sido más que convincente"*, afirma bajando la cabeza a la vez que eleva las cejas.

Dr. Velutti: *"Usted quería saber en qué consistía la investigación que se está llevando a cabo en este salón y ese ha sido el propósito de traerlo hasta aquí. Aunque no pueda darle detalles de todo el procedimiento, si le puedo decir a grandes rasgos en qué consiste y cuál es el fin del mismo"*. Sullivan continúa escuchando sin interrumpir mientras caminan hasta la estación número uno. El doctor comienza a chequear los apuntes de la tablilla del paciente a los pies de la cama, luego se acerca a la cabeza del paciente separándole los parpados, emitiendo posteriormente un sonido: *"Hummm"*.

Sullivan: *"¿Pasa algo doctor?"*, se sorprende al ver la expresión de su rostro.

Dr. Velutti: *"¡No lo sé aún, pero lo voy a averiguar!"*, se traslada hacia la estación número dos realizando la misma operación. Al llegar a la estación número tres inspecciona con un poco mas de rigor los ojos de Max, pensando: *"Estas córneas están deshidratadas y los movimientos oculares están más acelerados que de costumbre en un sueño profundo"*. Pellizcándole la frente al paciente advierte que la hidratación es adecuada en la piel, pues no se ha formado ningún pliegue pero las córneas han perdido ligeramente su brillo natural.

Girando hacia el intercomunicador cercano a la cabecera de la cama, presiona un botón haciendo que la enfermera le contestase rápidamente...

Enfermera*: "¿Diga doctor?"*.

Dr. Velutti: *"Necesito que alguien del departamento de Oftalmología venga a revisar los pacientes del salón de procedimientos, ¡De inmediato!"*, dice autoritariamente.

Sullivan: *"¿Es un mal momento doctor?, puedo pasar más tarde si lo desea"*.

Dr. Velutti: *"De ninguna manera inspector, es sólo para una inspección de rutina"*, mientras tanto para calmar su curiosidad, continúa explicándole: *"Como le decía, el propósito del estudio se basa..."*, de esta forma le provee información sobre el tema pero sin entrar en muchos detalles.

Sullivan*: "Muy interesante todo esto que me ha contado y le deseo mucha suerte en su estudio, pero debo referirme a lo que me trajo aquí hoy"*. Introduciendo nuevamente su mano derecha en el bolsillo de su saco extrae un bulto de fotografías, las cuales retiene por un tiempo en su mano moviéndolas de arriba hacia abajo golpeando suavemente su mano opuesta. Posteriormente deteniendo el movimiento, expresa: *"Estas son muestras tomadas de los pacientes y le ruego mucho tacto al respecto, ya sabe cómo es... Cualquier indiscreción entorpecería el desarrollo de la investigación"*.

Dr. Velutti: *"¡Por supuesto!, usted le habla a alguien que trabaja con esas normativas todos los días y cuida la identidad de sus pacientes, sé muy bien a que se refiere"*, extendiendo la mano le hace saber que está listo para ver lo que trae.

Sullivan le entrega una parte de las fotografías mientras le dice: *"Usted vio con sus propios ojos el estado de los pacientes antes de retirarlos de la sala y aquí se los muestro nuevamente en las fotografías para que recuerde"*.

Dr. Velutti: *"¡An-ja!"*, exclama afirmativamente.

Un momento más tarde le entrega el otro grupo de fotografías, diciendo: *"En este otro grupo se puede ver... y a mí no me crea, ya que mis conocimientos médicos son muy limitados; pero el forense opina que la médula de los pacientes fueron desgarradas por estiramiento lo que le recuerda a las personas que mueren por ahorcamiento"*.

Dr. Velutti: *"¡Es cierto!"*, afirma colocando una mano debajo de su axila y la otra frente a sí sujetando las fotografías.

Sullivan: *"¡Y en éstas de acá...!"*, le muestra un tercer grupo.

Interrumpe Velutti: *"¡Sí, son hígados!"*.

Sullivan le arrebata las últimas fotos con mucha ansiedad de mostrarle y las barajea buscando una ampliación de la imagen.

Sullivan: *"¿Mire, mire bien y dígame que le parece?"*, luego se retira dando unos pasos cortos mirando hacia el suelo, pensando.

Dr. Velutti: *"¿7W...?. ¿Pero qué clase de broma es esta inspector?, ¿Para qué el forense va a querer hacer estos cortes en los hígados de estas personas?"*.

Sullivan: "Él no los hizo, los encontró por casualidad en los tres pacientes de la otra noche y en el de la enfermera", mientras le habla se acerca haciendo un movimiento circular con su antebrazo izquierdo.

Dr. Velutti: *"La verdad inspector, no tengo ni idea como esto llegó hasta allí, no creo que exista nadie que pueda hacer semejante atrocidad de cortar un hígado, ¡digo!, cuatro hígados y luego dejar los cuerpos en estado natural como si nunca los hubiesen abierto; ¡Eso es imposible!"*. El galeno ha quedado con la boca más abierta que un hipopótamo bostezando.

Sullivan: *"Bueno Dr. Velutti, esto lo dejo a su discreción y raciocinio. Yo me retiro que tengo otros asuntos pendientes que hacer. Quise compartir esta información con usted, pensé que podría darme alguna idea de lo que está ocurriendo; pero no pierdo las esperanzas"*, hablar y caminar hacia la puerta son cosas que hace muy bien Sullivan, es muy natural en él.

Dr. Velutti: *"¿Y las fotos?"*.

Sullivan: *"Me las devuelve la próxima vez que nos veamos"*, cierra la puerta casi sin dejar entender lo último que dice.

No sabe que pensar el doctor ante la increíble evidencia que presencian sus ojos, cuando... toca a la puerta haciendo entrada la doctora Méndez con un pequeño maletín. Su hermosa figura vuelve a dejar al Dr. Velutti sin palabras como muchas otras veces lo ha hecho.

Kelly: *"¿Mandó a buscar a alguien del departamento de Oftalmología doctor?"*.

Dr. Velutti: *"¡Sí..., por supuesto, pero llámeme Oscar!"*, no sabe que arreglarse para lucir mejor ante la belleza personificada de la doctora, continuando: *"Si hubiese sabido que vendría usted la hubiese mandado a buscar antes"*, le dice con voz risueña. Olvida por un momento la conversación que sostuvo anteriormente con el inspector.

Kelly: *"No me haga perder el tiempo Dr. Velutti que hoy no trabajo. Me llamaron para pedirme de favor que les ayudase porque había falta de personal; así que le ruego que no me tome a mal y vayamos al grano"*. Dejando bien claro sus intenciones laborales, Kelly no deja espacio para otra movida del Dr. Velutti.

Dr. Velutti: *"¡Sí, claro!"*, se arregla la corbata y se estira el cuello de la camisa como si le apretase, continuando: *"Yo tan sólo quería animarla, pues la noto muy seria"*.

Kelly: *"Que no le quepa duda doctor, yo soy muy seria"*, le remata.

Dr. Velutti: *"Eh..., mmm, por aquí doctora. Necesito que les revise los ojos a estos tres pacientes que están sometidos a una droga en estudio que los hace dormir por un mes. Les alivia las conductas psicóticas y agresivas, bla, bla, bla..."*, repite lo que ha repetido cientos de veces, pero esta vez queriendo impresionar a Kelly.

La agraciada oftalmóloga comienza a revisar a cada uno de los pacientes empezando por la primera estación. Puede apreciar que efectivamente las córneas de los pacientes están deshidratadas y las pupilas dilatadas; los movimientos oculares parecen verdaderos torbellinos. Abriendo su maletín extrae una lente con luz para examinar de cerca. Cuidadosamente hace lo mismo en la estación dos, encontrando el mismo resultado.

Al llegar a la estación tres, separa los párpados de Max encontrando que efectivamente sus pupilas están dilatadas de igual manera y los movimientos oculares muy rápidos. Al contacto con la luz de la linterna sobre ellos, sus ojos se detienen fijamente estrechando el diámetro de las pupilas mirando a Kelly con esa mirada fría que le caracteriza; lo que la hace retroceder un par de pasos. El musculoso hombre la ha impresionado bastante.

Kelly: *"¡Doctor Velutti!"*, alza la voz para ser escuchada. El galeno que se había quedado fuera de la estación por temor a molestar o por temor a las reacciones hacia él, aunque al escucharla llamándole; corre al interior separando la cortina de un golpe.

Dr. Velutti: *"¿Qué pasa doctora?"*, pregunta alarmado.

Kelly: *"¿Su paciente esta supuesto a estar en estado de vigilia?, es que usted me había dicho que estaban dormidos"*, deja notar su nerviosismo.

Al mirar a Max, el Dr. Velutti lo encuentra con los ojos cerrados e inmediatamente le abre los párpados. Sus pupilas permanecen dilatadas con los ojos moviéndose en todas direcciones. Enseguida voltea la pantalla del equipo de electroencefalograma que se encuentra conectado al paciente, advirtiendo que no ha salido de su fase REM.

Dr. Velutti: *"Este paciente está dormido doctora, ¿Por qué dice que estaba despierto?"*.

Kelly por un momento se queda pensativa y le responde: *"El paciente..., este..., nada, parece que fueron ideas mías. Adminístrele a cada paciente estas gotas de lágrimas artificiales cuatro veces al día en ambos ojos y eso les ayudará con la resequedad que presentan"*. Aparentando que le va a entregar el frasco de gotas en las manos al doctor, cuando éste cayéndosele la baba le extiende las manos; ella desvía el frasco y lo coloca sobre la mesita del paciente: *"¡Qué tenga un buen día Dr. Velutti!"*. Diciendo y haciendo es lo mismo, sus pasos se aceleran cada vez más para lograr llegar a la puerta de salida lo antes posible.

Dr. Velutti: *"¿No le gustaría tomarse un cafeeee...?"*. Casi gritándole alcanza a decirle antes de que alcanzase la puerta. Kelly levanta el brazo sin voltearse, eleva su dedo índice y lo mueve muy despacio hacia ambos lados, luego sostiene el picaporte saliendo disparada.

Dr. Velutti: *"Que encanto de mujer, ¡ufff...!"*, exclama mientras se seca las gotas de sudor que le brotan de la frente, luego se dirige a un intercomunicador, vociferando: *"Enfermera, regrese a su puesto de trabajo"*.

Enfermera: *"¡Enseguida doctor!"*.

Esa misma tarde pasadas las tres, el inspector Sullivan recibe una llamada a su celular...

RRRrrr..., RRRrrr..., RRRrrr...

Sullivan: *"¡Inspector Sullivan, le escucho!"*, dice sosteniendo el cigarrillo entre los labios. Observa el panorama frente a sí mientras camina por la calle Ponce de León de la ciudad de Coral Gables; apenas puede escucharse el sonido de la voz que le habla por el auricular debido al tránsito vehicular.

Sullivan: *"¡Ah sí!, el guardia de seguridad de la sala de Psiquiatría, lo recuerdo"*, asiente con la cabeza moviendo también el cuerpo, dándole una última bocanada a su cigarrillo; luego lo lanza lejos con un movimiento rápido del dedo del medio como únicamente un fumador experto sabe hacerlo.

Guardia: *"¿Cómo está inspector?, le estoy devolviendo la llamada que me dijo le hiciera, ¿En qué le puedo ayudar?"*.

Sullivan: *"Mire, quería hacerle algunas preguntas pero estaba apurado esta mañana y de veras no quería hablar de esto en su centro de trabajo; perdone pero... ¿Cuál me dijo que era su nombre?"*.

Guardia: *"¡Albert, señor!, Albert González"*.

Sullivan: *"Muy bien Albert, ya sé que lo hemos interrogado antes... Esta conversación puede tomarla como extra oficial pero quería preguntarle, ¿Qué opinión tiene de la enfermera Ivon?"*.

Albert: *"Ella era muy agradable, yo no tuve el placer de trabajar con ella directamente porque llevo poco tiempo en ese puesto pero... de las pocas veces que hablamos, siempre fue muy amable. Yo siempre la vi con otras enfermeras y empleados de la sala y me parecía que se llevaba bien con ellos"*.

Sullivan: *"¿Usted cree que alguien haya tenido motivos para matarla?"*, esta vez la pregunta es formulada en un tono dudoso.

Albert: *"A decir verdad no puedo pensar que alguien quisiera hacerle daño a tan dulce persona"*.

Sullivan: *"¿Qué piensa... del Dr. Velutti?"*, haciendo una pausa enfatiza en la pregunta.

Albert: *"¡Sabía que me lo preguntaría! Como le dije llevo poco tiempo trabajando allí y no le conozco bien. Lo que sí le puedo decir que es de las personas que a mí no me interesa conocer"*.

Sullivan: *"¿Por qué lo dice?"*.

Albert: *"Es que particularmente no me interesan las personas engreídas que se cree mejor que los demás, sólo por tener una posición social determinada o una profesión".*

Sullivan: *"¡Entiendo!"*, agita positivamente su cabeza apoyando sus palabras.

Albert: *"Además, no me gusta la manera en que trata a sus empleados, es frío y calculador; mangonea a las enfermeras a su antojo. Le cuento esto inspector, pero... espero que esta conversación no salga de nosotros dos".*

Sullivan: *"Descuide Albert, que esto es confidencial".*

Albert: *"A decir verdad él no es mi jefe, el hospital subcontrata a los guardias de seguridad, por eso no tiene mucho roce con nosotros mientras sigamos las normas de seguridad establecidas".*

Sullivan: *"Muchas gracias Albert, han sido de gran ayuda sus palabras, que pase buenas tardes".*

Albert: *"Igualmente Inspector, ya sabe dónde encontrarme si me necesita. ¡Adiós!".*

Sullivan: *"¡Adiós!"*. Se despide sin más cerrando el celular.

Un poco más tarde en la sala de Psiquiatría...

El Dr. Velutti se encuentra en su oficina después de un arduo día laboral. Como ya es costumbre se recuesta en el sofá donde en muchas ocasiones le ha servido para ejercer como terapeuta: entrevistar a algunos pacientes, amigos, personalidades públicas, políticos y todo aquel que caiga en su jamo para sacarle provecho. Se cubre el cuerpo con la bata médica debido que la habitación siempre está muy fría después que repararon las unidades de aire acondicionado de esa sección del hospital. Su cabeza reposa en la almohadilla de flecos que adorna una esquina del mueble. Se lleva las manos a la cara sosteniendo los espejuelos por una de sus patas y los retira dándole vueltas de un lado hacia el otro mientras juguetea con sus pies sin los zapatos pero con los calcetines puestos, a la vez que su cuerpo se va relajando; haciendo de los párpados dos pedazos de plomo. El silencio de la habitación le enlentece quedando con el brazo que sostiene los espejuelos en el aire, haciéndolo descender muy lentamente al quedarse dormido.

La quietud lo rodea entre penumbras pasando de un estado del sueño al otro inevitablemente, el cansancio lo ha vencido. A pesar de sus malas pulgas y despotismo, es un hombre dedicado al estudio, cada noche se la pasa en su mansión royendo algún libro o revista de ciencias médicas como una polilla.

Va penetrando en la fase REM del sueño repasando la pasada entrevista con el inspector Sullivan y las extrañas cosas que se han encontrado, de igual manera aparece la doctora Méndez atrevidamente vestida para su cita con él. Los candelabros se encienden al cerrarse las cortinas semitransparentes, dejando rezagado hacia un plano más profundo lo experimentado con el inspector Sullivan. La Dra. Méndez se encuentra sentada en una silla elegante, en una especie de restaurante; lleva el pelo recogido hacia arriba lista para ser devorada por un vampiro como el doctor Oscar Velutti. Dando rienda suelta a la imaginación se le acerca por detrás poniendo sus manos sobre los sensuales hombros mientras inclina su cabeza hasta llegar muy cerca de la piel del cuello. Puede oler el refrescante aroma del perfume que imagina. Sus labios se van empinando lentamente para hacer contacto con tan deliciosa textura, cuando…

De repente exclama: ¡*Aaaah...!* , el cuerpo del galeno es levantado en peso y lanzado a gran distancia. Las velas del lugar son apagadas de un soplido dejándolo en penumbras. Sin llegar a caer totalmente, es levantado nuevamente e incrustado contra una de las gruesas columnas. Sus pies no logran alcanzar el suelo, en tanto lo que parece ser la gran mano de alguien corpulento le sostiene del cuello firmemente. Otras dos figuras se suman a la escena entre las sombras, se acercan sosteniéndole las muñecas que intentan aliviar la presión de su garganta. Sus brazos son llevados bruscamente en contra de su voluntad por detrás de sí a ambos lados de la columna; siendo sujetados fuertemente e impidiéndole moverse ni un centímetro.

En el sofá, el Dr. Velutti palpa vigorosamente su cuello intentando aliviar la falta de aire; percibiendo una presión insoportable. En el sueño, la extraña apariencia comienza a tomar forma, frente a él se visualiza lentamente un fuerte brazo cuya mano continúa constriñéndole el cuello como garrote…

"*Ah... Ahh...*", continúa exhalando sin poder pronunciar palabra, pataletea sin lograr el más mínimo resultado. En un instante recorren cientos de pensamientos por su mente, corretean sin razón ni orden desde su niñez. La imagen del fuerte brazo se hace cada vez más notoria, pudiendo observar paulatinamente el movimiento de los caballos desbocados de los jinetes del apocalipsis a una pequeña escala frente a sí. La sombra que envolvía al sujeto va desvaneciéndose, distinguiéndose la cara de Max acercándose a su oído. Sus ojos se mueven en todas direcciones como brújula perdida.

Max: "*¡Quién te dijo que esa hembra es para tiiiiiiiiiii!*", le susurra primero y termina la frase con un grito ensordecedor.

Le va aflojando el cuello con su inmensa mano y le vuelve a apretar, dejando margen para que respire. El Dr. Velutti hace todo los intentos posibles para despertar pero una extraña fuerza se lo impide.

Max: "*¿Qué les parece mis ánimas...?*", refiriéndose a su compañía, continuando luego: "*¡El cazador, resulta cazado... ja, ja, ja...!*", ríe descontroladamente con voz profunda y despiadada. Oscar Velutti puede escuchar otras dos risas a su espalda que le hacen el coro, muy semejantes a las hienas; descifrando a intervalos la frase: "*Periquito, periquito, periquito...*". Deduce que las otras dos figuras que no puede ver, no son más que los otros dos pacientes de su estudio.

Max comprime ahora mucho más su cuello. Sobre el sofá casi sin fuerzas y medio morado, suda fríamente Velutti escuchando a penas lo que éste le dice: "*Vivirás porque yo así lo he*

51

decidido, te estaré esperando: cada noche, cada vez que cierres los ojos allí estaré...; en la sombra asechándote como la pantera en la noche oscura, perdiéndose en ella por su color, esperando que aparezcas. No existe lugar en este mundo donde te puedas esconder porque siempre estaré allí..., siempre estaré allí... siempre estaré allí...". Repitiendo esto como un eco susurrando, levanta su índice con la uña muy afilada haciéndole unos pequeños cortes sobre el pecho, luego retrocede para perderse entre las sombras. El cuerpo de Oscar Velutti se levanta con sed de aire del sofá tosiendo y respirando como puede, queriéndose agarrar de cualquier cosa; queriendo gritar pero no le salen las palabras. Sale dando tumbos hasta el baño de la oficina recobrando el aliento, deteniéndose frente al lavamanos. La respiración es pesada y profunda. Abriendo el grifo del agua vierte varias temblorosas manotadas sobre el rostro y bebe desesperadamente. Se incorpora posteriormente advirtiendo en el espejo que su cuello posee marcas de gruesos dedos y su camisa lleva manchas de sangre. Sin dudar desabrocha los botones con mucha dificultad, los temblores son indescriptibles ante tal susto. Apartando la corbata hacia atrás sobre su hombro, entreabre la camisa dejando ver la zona del pecho ensangrentada, dejándose leer dos iniciales. Esta vez no se trata de *"7W"*, se lee claramente *"ML"*; las iniciales de MAX LEROY. El inspector había cometido un error leyendo: *"7W"*, cuando en realidad sólo había que darle vueltas a la fotografía y leer *"ML"*.

Ahora el Dr. Velutti comprende quién había sido el causante de todo, pero no logra comprender cómo es posible que estas cosas sucedan desde los sueños, reflejándose en la realidad. En su carrera como psiquiatra había escuchado historias de algunos pacientes haciendo alusión a cosas así, pero nunca se han tomado en cuenta como válidas, sino como alucinaciones o psicosis. Esto sería tomado por cualquier psiquiatra como la desconexión con el mundo real.

Se quita la camisa manchada metiéndola en una bolsa, pensando nuevamente: *"¿Cómo voy a explicar que Max es el causante de las muertes en la sala?, me van a tildar de loco y jamás lo voy a permitir. Tengo que buscar la manera de salirme de este problema a como dé lugar o nunca más podré volver a conciliar el sueño".* Busca una camisa limpia de un pequeño closet del baño, se la pone cuidando no se vean las marcas del cuello. Posteriormente entrando nuevamente en la oficina, recoge del suelo su bata médica y se la pone; luego se calza los zapatos, se arregla la corbata y sale hacia al salón de procedimientos con pasos de galgo tras el conejo.

Enfermera: *"¿Doctor que ocurre?",* dice muy asustada la enfermera viendo a la velocidad que entra el Dr. Velutti por la puerta llegando hasta la cama de Max haciendo caso omiso de sus palabras. El galeno no le quita la vista de encima al paciente mientras abre la pequeña gaveta de la mesita que se encuentra justo al lado de la cama, pudiendo notarse un franco desespero de su parte.

Enfermera: *"¿Qué hace doctor?, ¿Que busca?".* Diciendo esto se pone de pie y camina apresuradamente hacia el desesperado médico.

Dr. Velutti: *"¡Métase en sus asuntos!",* le grita sin levantar la cabeza. Las manos le tiemblan mientras carga un ámpula de Cloruro de Potasio en la jeringuilla sin extraerle el aire que contiene dentro y se dispone a inyectarla directamente en la vena del paciente.

Enfermera: *"¡Pero... Doctor!, ¿Está loco?, ¿Qué hace?"*. Se le abalanza forcejeando para luego agarrarle el brazo que sostiene la jeringuilla, logrando impedir que hiciese su voluntad. De un zarpazo la enfermera toca el botón para emergencias atrayendo la atención de todo el personal, incluyendo el guardia de seguridad que aparece cual centella neutralizando el impetuoso ataque. Si el acto se hubiese consumado, la inyección de Cloruro de Potasio en la vena de Max, hubiese producido un paro cardíaco que inevitablemente conduciría a su muerte en pocos segundos.

El Dr. Velutti es trasladado a su oficina inmovilizado mientras grita: *"¡Sólo estoy haciendo mi trabajo, yo soy quien debe decidir, no la enfermera...; esto no se va a quedar así...!"*.

Todos quedan perplejos ante tal escándalo, se puede escuchar el cuchicheo de algunos: *"¿Habrá perdido el juicio?, ¿A qué se debe todo esto?"*. Mientras Max en su cama descansa como si nada, dejando escapar una leve sonrisa maliciosa en tanto aprieta sus puños en señal de victoria. Todos se encuentran muy concentrados en lo que ocurre para poder notarlo.

LA PANACEA

Capítulo 8

Cayendo la noche sobre la ciudad de Miami se comienza a encender como un árbol de navidad. Aún con algunas luces en el horizonte, los rayos que perduran tornan rojizos los techos más altos; ofreciéndonos una vista encantadora.

A Danny le resulta extraño que Kelly quisiera verlo en el centro comercial *"Dolphin Mall"*. Aunque allí... además de tener innumerables boutiques, también posee numerosos lugares como: los restaurantes Texas de Brasil y T.G.I Friday's, varias salas de cine, bares y muchos otros con entretenimiento variado.

El galán llega temprano a la entrada del lugar, lleva una combinación de hilo blanco muy elegante con zapatos de dos tonos, de corte antiguo. La camisa con tres botones desabrochados deja entrever la división superior de su pecho; las mangas cortas le ayudan a mitigar el calor, quedándole ligeramente apretadas en sus musculosos brazos. No faltan bellas féminas que deambulan el lugar y voltean a observarlo, pero él no advierte nada de lo que pasa a su alrededor; está muy nervioso y concentrado en su cita. Ya tiene abierto un surco en el suelo repitiendo el mismo camino de ida y regreso mientras espera, cuando...

Kelly: *"¿Me demoré mucho?"*, la dulce y sexi voz que anhelaba escuchar le sorprende por un costado acariciándole los oídos, haciéndole detener. Se voltea observando cuidadosamente cada prenda de vestir que encaja como si hubiese nacido con ella. Danny es transportado a las nubes con la mezcla de olores de la crema corporal y el perfume Kenzo que emanan de su piel; éstos pueden sentirse a distancia, arrastrada por la leve brisa que les acompaña opacando cualquier olor intruso de los restaurantes vecinos. Lleva un vestido negro a medio muslo con picos, bien entallado en la cintura. El pelo suelto se mese al compás de las palmeras a su alrededor, al igual que el delgado pañuelo beige que envuelve su cuello; éste hace juego con la pequeña cartera y los altos zapatos del mismo color y tono. Todo muy sencillo sin ninguna joya lujosa.

Danny: *"¿La conozco?"*, irónicamente le pregunta clavando la mirada en sus almendrados y coloridos ojos debido al maquillaje que ha usado; que por cierto le sienta muy bien. Piensa que aunque estuviese llena de lodo también le sentaría muy bien.

Kelly: *"No sé, se me parece a alguien que estoy buscando, pero veo que me equivoqué"*, le responde con una sonrisa entre los labios siguiéndole el juego.

Danny: *"Bueno... ¿Si me parezco a esa persona que usted dice, no le molestaría que nos sentáramos y bebiéramos algo mientras espera a quien busca?"*.

Kelly: *"A mí me parece bien, pero... ha de saber que si esa persona llega, me retiraré de inmediato"*.

Danny: *"A mí me parece excelente, que tal si la invito a un Mojito, ¿Le gustaría?"*. Danny le pone la mano en la espalda para guiarla hasta el lugar, con la delicadeza que una mariposa se posa sobre la flor para no lastimarla, la suavidad de su piel le hace tragar en seco y acelera su corazón a mil por hora.

Caminan despacio, ella va delante al pasar entre algunas mesas y él observa cada movimiento de su andar aprovechando que ella no puede hacer lo mismo, comenzando a saciar el hambre que a sus ojos le provoca. Advierte además que es la atracción de algunos ventiladores, así les llama a los hombres que se parten el cuello mirando las curvas femeninas cuando caminan por el local. Él no los juzga, el suyo esta más que quebrado desde hace mucho, diría que hecho pedacitos por culpa de sus encantos.

El centro comercial parece un enjambre, la gente camina sin parar en todas direcciones buscando que hacer o comprar pero en él no hay cabida para esas cosas; hoy todo su interior está lleno de algo que no puede controlar y le mantiene temblando desde lo más profundo.

No avanzan mucho, justo ante las puertas que dividen la placita de la entrada que posee un pequeño escenario de concreto a la intemperie, hay un par de restaurantes y una barra. Al llegar allí, él hala una banqueta esperando muy paciente que tome asiento, ella lo mira sonriente sentándose y cruzando luego una pierna. Sin titubear Danny también se sienta a una distancia prudencial para no hacerla sentir acosada.

Danny: *"Dos mojitos por favor"*, le pide a una joven camarera que los mira muy indiscretamente, especialmente a él.

Camarera: *"¿Lo quiere con bastante hierba buena o con poca?"*, le pregunta casi babeándose.

Danny: *"¿Cómo lo prefieres Kelly?"*, se dirige directamente a su acompañante para hacerle ver a la intrusa que no viene solo, pero esto no parece interesarle a la ferviente camarera.

Kelly voltea la cara apretando los labios y disfrutando como Danny trata de evadir la situación, diciendo: *"Bueno que tal si ella decide cuál es la mejor opción"*.

Camarera: *"Para un mejor sabor es preferible con bastante hierba buena, pero hay quien le gusta con poca"*, dice observando a ambos, pero evidentemente le zorrea a nuestro galán. La camarera se ve muy joven, de unos 20 años y un cuerpo fenomenal.

Kelly: *"¡Pues con bastante hierba buena!"*, dice mirando a Danny que no sabe donde se va a esconder pues no se esperaba esta inapropiada conducta. Él se voltea hacia el lado opuesto de la barra para evitar cualquier contacto visual con la intrusa que pudiese aguarle la fiesta.

Danny: *"Me alegra mucho que me hayas invitado a reunirme contigo hoy"*, trata de romper el hielo entre ellos y salir de la incómoda situación.

Kelly: *"Me pareció buena idea conocerte fuera de la oficina"*, ambos se miran de una forma atractiva pero ninguno decide arrancar.

Camarera: *"¡Aquí tienen!, dos mojitos con bastante hierba buena..."*, entrega los alargados vasos a cada uno con una servilleta mirando a Danny con disimulo. Éste le da las gracias mirando hacia abajo arreglándose el pantalón, cosa que le vuelve a hacer mucha gracia a Kelly soltando una carcajada, provocando que la camarera se esfumase.

Kelly: *"No hay de qué preocuparse Danny, no es tu culpa; las personas cuando ven lo que les atrae muchas veces no se pueden aguantar y hacen cosas así"*.

Danny: *"¡Sí...!"*, sonríe moviendo la cabeza hacia los lados pensando en lo que ha sucedido. Mientras tanto observaba que en la placita, justo en la tarima se prepara un grupo musical para ofrecer un espectáculo. Aprovechando la situación cambia la conversación nuevamente: *"¡Parece que tendremos música!"*.

Kelly: *"Todo parece indicar que si, ¿Y a ti te gusta la música?"*. Lo mira con la cabeza algo inclinada hacia arriba debido a que le saca algunas pulgadas de estatura; luego estira su mano con el vaso entre sus delgados dedos diciendo: *"¡Salud!"*. Él corresponde de igual manera tocando su vaso con el suyo para luego darle un sorbo al frío Mojito, manteniendo la mirada en los encantadores ojos.

Danny: *"¡Me encanta la música!, pero aún más si estoy en buena compañía. Así que me parece que esta noche escucharé la mejor música que jamás habré de escuchar"*. No desperdicia el momento para lanzarse, haciéndola sonrojar.

De la nada se acerca un hombre canoso de unos 50 años vestido de negro, lo único que le falta es el caballo y el sombrero para ser el zorro justiciero. Para sorpresa de Danny, Kelly se pone de pie sosteniendo su cartera en franca acción de marcharse, diciendo: *"Bueno Danny, ha llegado la persona que estaba esperando; así que como le dije antes, me marcho."*, el siniestro hombre le susurra al oído desatando los celos de Romeo, quién se ha quedado pasmado. Las alas del corazón se le comienzan a deshojar como un Sauce a la orilla del río.

Kelly: *"¡Quédese sentado ahí y no se vaya a mover!"*, le dice en tanto camina alejándose con el dichoso hombre que ni siquiera le ha presentado, hasta que se pierde entre la muchedumbre.

Danny: *"¡Maldita la hora en que le hice caso de venir a encontrarme con ella!"*, rechina entre dientes concentrándose en el Mojito, le da vueltas rápidas con el dedo al removedor del trago como si quisiera sacarle rosca al vaso, a la vez que piensa que no ha logrado su propósito en la cita.

Estando ensimismado con sus pensamientos escucha la música que rompe a sonar fuerte desde el escenario, haciendo que se voltee para contemplar el entorno. La música Salsa puede escucharse haciendo que algunos audaces bailadores acudan de inmediato a la pista. Las luces de ambientación se mueven al compás de la pegajosa música para muchos, pero para Danny en estos momentos no tiene ningún sentido; hasta que... la luz central se enciende y con ella la luz de sus ojos. Lo poco que puede ver tiene que comprobarlo. Le paga a la inoportuna camarera lo que le debe con su respectiva propina. Para molestarla le coloca la mano con el índice y el pulgar estirado como una pistola y hace un gesto como un disparo por lo mal que se había portado, ella le corresponde depositando un beso sobre la palma de su mano; soplándolo posteriormente hacia él.

Se dirige lo más cerca posible al escenario para presenciar mejor el espectáculo, al aproximarse advierte que su doncella se halla justo encima llevando entre sus blancas manos nada más y nada menos que un violín. Ella ondula su cuerpo mientras las notas musicales la recorren, a la vez que busca discretamente con la mirada hacia el barcito donde había estado. Al no hallar lo que desea, escanea la zona de derecha a izquierda varias veces. Danny se posiciona entre los más cercanos a la tarima mientras Kelly después de pasar la vista varias veces con la consiguiente dificultad para ver debido a las intensas luces, logra encontrarle. Sonriendo muy agraciadamente, extiende su brazo sosteniendo el arco del violín como si llevase una espada; luego haciendo un movimiento de estocada hacia Danny comienza a tocarlo maravillosamente. Él siente mucha afinidad por los violines, muchas veces son utilizados en conciertos, obras teatrales y películas donde son utilizados principalmente para denotar tristeza; pero su Kelly le pone todo lo contrario. De sus manos sale la alegría convertida en notas musicales, esto si es una sorpresa. No le había dicho nada con respecto a lo que acontecería esta noche. *"¡Ay qué mujer ésta..., llena de encantos!"*, piensa al mismo tiempo que le da riendas sueltas a su esqueleto.

Pasan cuatro o cinco números musicales sin dejar de bailar ni perderle pie ni pisada. Al terminar, los aplausos invaden el lugar. Siente mucha admiración por esa mujer y piensa que debe luchar por ella aunque se ganara unos fuetazos del zorro justiciero.

Los músicos recogen los instrumentos mientras la gente se dispersa para continuar en las muchas actividades que siempre se pueden encontrar en el centro comercial. Danny se acerca a las escaleras ayudándola a bajar ofreciéndole la mano. Posteriormente advierte que nuevamente se vuelve a acercar el dichoso hombre de negro, pero esta vez hacia él; en tanto Kelly se anticipa.

Kelly: *"Danny le presento al director del grupo y colega mío del hospital. Él es el Dr. Serrano, también especialista de Oftalmología"*. La cara de perro con rabia que había mostrado y no podía disimular va suavizándose a medida que se presenta y le comenta del grupo, sus proyectos y más.

Dr. Serrano: *"Danny ha sido un placer conocerle, espero que nos veamos con más frecuencia"*, le extiende la mano a lo cual le corresponde dándose un fuerte apretón, luego le da un beso en la mejilla a Kelly diciéndole: *"¡Diviértanse que la noche es joven!"*.

Kelly: *"¡Maneja con cuidado, nos vemos el Lunes en el hospital!"*, levanta la mano despidiéndose, posteriormente comienza a caminar despacio hacia el interior del centro comercial. La hermosa hija de Afrodita deambula con las manos unidas al frente sosteniendo su cartera como una colegiala; él lo hace a su lado muy erguido con las manos en los bolsillos del pantalón, observándola discretamente con el rabito del ojo.

Danny: *"Estuviste fantástica con el violín, de veras no me lo esperaba"*, ahora se miran por un momento, ella le responde con una media sonrisa. Él continúa: *"Pensé que me dejarías plantado a mi suerte en el bar con el mojito y la camarera de la Hierba Buena"*, sonríe también recordando ese momento.

Kelly: *"¿No me puedes negar que era muy bonita y te estaba tirando los perros?"*, lo mira acusadoramente sin poder contener la risa.

Danny: *"Ella podría soltarme todos los perros que quisiera que yo cuando recojo fresas, no me detengo a mirar las guayabas".* En un sentido figurado le deja saber que está interesado en ella y lo sabe. A Kelly le ha gustado la manera en que ha verbalizado la situación y cómo lo ha manejado, haciendo luego un gesto inclinando la cabeza hacia un lado en señal de aprobación.

Llegan caminando hasta una tienda deportiva llamada: *"BASS PRO SHOP"*, donde venden artículos de caza y pesca. A Danny le gusta mucho esa tienda, es un ferviente admirador de la pesca, desde tierra o la submarina; la cual practica a menudo. Se le ocurre una idea invitándola a entrar, se van escabullendo entre los mostradores hasta llegar al centro de la misma donde se puede observar una gran pecera de agua salada con numerosos peces marinos. La pecera tiene la característica que es de aspecto triangular, las esquinas no se observan porque están cubiertas de una decoración como rocas y en la parte posterior forma una pequeña cueva cuya pared trasera la constituye una de las caras de la pecera. La pequeña caverna está iluminada solamente por la tenue luz que emana de la pecera. Las paredes de rocas están hechas de yeso exquisitamente pintadas, dejando lugar para recostarse a observar el magnífico y pequeño panorama acuático. A esa hora de la noche la tienda esta casi vacía pues ya se encuentra a punto de cerrar. Danny se siente muy a gusto con el acogedor ambiente, le es muy familiar; así que decide lanzarse con todo lo que tiene.

Danny: *"Sabes, siempre me has parecido una mujer muy bella, de hecho lo eres y estoy convencido que no te faltan pretendientes"*, Kelly recuesta la cabeza sobre las rocas observando cada palabra que va diciendo. El resplandor de la pecera cambia la intensidad de las luces y matices con el movimiento del agua reflejándose sobre su rostro, lo que la hace parecerse a una hija de Neptuno; con la única diferencia que está dotada de bellas y torneadas piernas.

Danny continua: *"Has logrado que sienta lo que jamás he sentido..., tocándome en lo más profundo de mi ser. Me haces perder la cordura, el sueño y hoy creo que estoy herido",* lo dice poniendo la mano en su pecho muy cerca del corazón.

Kelly: *"¿Herido?, ¿Es qué te he hecho algo?"*, reacciona con asombro.

Danny: *"Pues sí, me has tocado el corazón. Hoy con esa estocada de tu arco de violín me lo has atravesado, estoy herido de muerte.".* Se le acerca muy lentamente, ella le deja acercarse pudiendo percibir el temblor de sus manos cuando éstas tocaron las suyas. Su respiración es corta pero vigorosa y rápida. Danny puede sentir su perfume cada vez más mientras se le acerca, desea que este momento dure para siempre. Kelly posa sus manos en los antebrazos de Danny con mucha suavidad sintiendo cada vello a medida que avanza hacia los codos. Los labios entre abiertos ya sienten la ardiente respiración como volcanes en erupción, terminando con la explosión pasional de un beso que podría hacer hervir el agua de la pecera convirtiendo el interior en sopa de pescado.

No se hacen esperar las caricias, los dedos de Danny cumplen su deseo de perderse entre el ensortijado cabello, los mueve a la vez que roza el dorso de su mano sobre el fino cutis. Un largo abrazo va calmando la respiración lentamente, pero sus corazones como caballos salvajes galopan por la pradera con el viento en contra, despeinándoles la crin.

El momento tan especial de amor que se profesan es interrumpido por los altavoces de la tienda: *"Señores clientes, les informamos que nuestra tienda cerrará dentro de cinco minutos, que tengan muy buenas noches."*, ambos sonríen abrazados y comienzan a separarse. Él introduce la mano en su bolsillo derecho y saca un pañuelo blanco donde tiene envuelto un presente que no duda en desenvolver. Le muestra un pequeño caballito de mar disecado, encapsulado en un acrílico redondo en forma de medallón con una cara aplanada para poderlo colocar sobre alguna superficie como adorno.

Danny: *"Es mi caballito de la suerte, lo encontré una vez que pescaba submarino en los Cayos de la Florida y de alguna manera salvó mi vida. Él se encontraba atrapado en un pedazo de red rota, más bien en una especie de maya fina que usan los pescadores. Me abalancé para tratar de agarrar la maya e intentar desenredarlo y sin querer evité la envestida de una Barracuda que me atacó; ésta quedó atrapada entre las rocas al yo moverme del lugar en que me encontraba. Yo no me había percatado su presencia pero al quedar atrapada, su movimiento desesperado por querer salir hizo que notara el peligro alejándome de allí. El intento por salvarlo fue en vano, al liberarlo no podía ni moverse, muriendo en pocos minutos. No estuviese aquí de no ser por querer salvar al caballito de mar. De no ser por eso hoy no te hubiese conocido y créeme que no me lo hubiese perdido por nada de este planeta"*, lo sostiene con ambas manos depositándolo luego en las de Kelly.

Danny: *"Quiero que esté siempre contigo para que te cuide, como lo hizo conmigo. Al llegar a la orilla me dio mucha tristeza y quise conservarlo, así que lo mande a incrustar en acrílico; ahora es tuyo"*.

Kelly: *"¡Pero... no lo puedo aceptar, es tu caballito de la suerte!"*, sosteniéndole frota los dedos sobre la pequeña imagen notándose la tristeza en su rostro.

Danny le agarra las manos y se las cierra diciendo: *"Guárdalo como muestra del gran amor que siento por ti, que este caballito selle nuestro amor con los peces como testigo"*. Ella no menciona palabra, lo cobija en su pecho mientras él la abraza queriendo cubrirla toda, dándole un tierno beso en su cabeza.

El guardia de seguridad que se asegura de sacar de la tienda a todos los clientes que quedan, los encuentra…

Guardia: *"¡Pero miren que tenemos aquí, dos peces salidos de la pecera!"*. Los tórtolos ríen como niños que hacen travesuras. Danny sostiene de la mano a Kelly y la saca de la pequeña cueva sin mirar atrás. El guardia de seguridad suspira: *"¡Ah..., que hermosa es la juventud cuando están enamorados!"*, exclama viéndolos alejarse.

Un taxi se acerca a la entrada de un edificio en la avenida Brickell de donde descienden ambos. El taxista espera pacientemente, Danny le ha hecho esperar para que le lleve a su casa una vez que se despida de su amada. Kelly vive en un lujoso edificio de cristales verdosos con vista a la Bahía de Miami.

Kelly: *"Muchas gracias, la he pasado muy bien"*, hace una pausa haciendo que Danny la tome de las manos posicionándola frente a él.

Danny: *"Yo la he pasado mejor, reconozco que me puse celoso del zorro pensando que me habías dejado plantado por él"*.

Kelly: *"¿El zorro...?"*, el asombro le hace engurruñar las cejas.

Danny *"Sí, así le puse al Dr. Serrano cuando no le conocía. Pensé que te había raptado de mi lado"*.

Kelly estallando en risas le dice: *"¿Así que pensaste que Serrano era mi pareja?"*. Se cubre la boca con cuatro dedos escondiendo el pulgar en la palma de la mano mostrando asombro.

Danny: *"No te rías, de veras que pensé que estabas jugando conmigo"*, se nota seriedad en sus palabras.

Kelly: *"No seas tonto, no niego que disfruté dándote un poco de celos viendo la carita que ponías, pero... fue para encenderte un poquito"*, se le acerca aun más y le acaricia poniéndole ambas manos en la cara, rematándolo con un beso. *"Gracias, por esta noche tan hermosa, que duermas bien..."*. Se despiden no queriendo soltarse uno del otro, deslizando sus manos hasta que los dedos dejan de hacer contacto.

Danny: *"Tu también, que duermas bien"*. Observa cómo se aleja disfrutando cada vez que devuelve la cabeza diciéndole adiós con su manita. Luego de algunos pasos, atraviesa la gran puerta de cristales por donde puede seguir viéndola hasta que se vuelve a despedir antes de entrar al ascensor. Danny sube nuevamente al Taxi destinando el camino a casa sin dejar de pensar: "Es la noche más feliz de mi vida, puedo sentir que todo lo puedo lograr por muchos obstáculos que existan. El taxi se aleja envolviendo a Danny entre las calles de la ciudad ya despejadas a esa hora de la madrugada.

LA REUNIÓN

Capítulo 9

Por el hospital de Miami las cosas no andan nada bien, el Dr. Velutti está en una reunión muy importante a puerta cerrada en la oficina del director.

Director: *"¡Caramba Dr. Velutti!, en que lío se ha metido. La enfermera de turno ha reportado un hecho sin precedentes en este centro y créame que quiero oír su versión de lo ocurrido para no tener que llamar a la policía"*, le dice mientras camina de un lado a otro del despacho.

Dr. Velutti: *"No creo que sea necesario señor director, todo ha sido un gran mal entendido"*, observa como camina preocupado su jefe desde la silla.

Director Alzando la voz: *"¿Espero que podrá probar lo que dice verdad?"*, girando hacia él pone una mano sobre el escritorio apoyando su cuerpo, continuando: *"¡Porque yo no pienso permitir que la reputación del hospital se arruine por su culpa!"*.

Dr. Velutti: *"¡De ninguna manera Director!, ¿Cómo cree...?"*, él sabe lamer las botas muy bien cuando quiere. De su costado derecho saca un maletín de donde extrae una hoja con unos resultados de laboratorio. El director saca los lentes de su bolsillo para examinar el documento, se los coloca y comienza a leer.

Director: *"¿Y qué me quiere decir con esto?"*, extiende su brazo con el papel en la mano para reclamarle.

Dr. Velutti: *"Esos son los análisis de laboratorio del paciente Max Leroy. Hoy recibí esos resultados de laboratorio y al notar que el potasio estaba muy bajo me dispuse a corregir el déficit, ¡eso es todo...!"*, lo dice poniendo cara de víctima.

Director: *"¿Y era necesario tratarlo como una emergencia?"*, le vuelve a reclamar.

Dr. Velutti: *"Bueno..., no realmente, pero..., usted me conoce y sabe que soy muy entusiasta en mis asuntos"*.

El director interrumpe la explicación irritado, alzando nuevamente la voz: *"¡DRAMÁTICO DIRÍA YO...!. Si no fuese por la importancia del estudio y los años que lleva al servicio de este hospital, ya no contaría en nuestra nómina; sino en la de la cárcel del condado"*.

Dr. Velutti: *"Yo..."*, comienza la frase que no termina debido a un manotazo sobre el escritorio, el cual hace saltar del susto al galeno, amputando las palabras.

Director: *"¡Yo, nada!, a partir de ahora usted me va a rendir cuentas todos los días hasta que vuelva a confiar en usted, ¿Está claro...?"*.

Dr. Velutti: *"¡Muy claro señor, como usted diga!"*, se pone de pie retrocediendo y haciendo pequeñas reverencias hasta llegar a la puerta. Cuando está a punto de salir...

Director: *"¡Llévese el papelito!"*, continua gritando con la cara muy roja. *"¡Quiero resultados, o no va a poder tocar un paciente en lo que le queda de su puñetera vida!, ¿Me oyó?"*. Velutti recoge la hoja con los análisis de laboratorio del suelo. Sale de la oficina como un perro que ha tumbado algún objeto haciendo ruido, retirándose asustado con la cola entre las patas traseras mientras piensa: *"¿Pero qué se habrá creído este mantecoso?"*, refiriéndose a la figura obesa del director del hospital, continuando: *"Por ahora tengo otras cosas en que pensar, Max me va a pagar por todo lo que estoy pasando"*.

Camina con el maletín ensimismado sin advertir nada a su alrededor, todo lo que puede sentir es el acoso hacia su vida mientras piensa como saldrá de semejante problema a solas. Al arribar a la sala de Psiquiatría pasando frente a la estación de enfermería, observa a través de los cristales advirtiendo que la enfermera de turno allí se encuentra. Mientras continúa rumbo a su oficina le clava los ojos, que... si la mirada fuesen puñales la hubiese convertido en picadillo. Ella no advierte con la intensidad que es observada, el trabajo la tiene muy atareada para poder percibir lo que sucede. El Dr. Velutti sigue camino a su oficina encerrándose en ella. Se le nota muy pensativo, toma su bolígrafo dorado del escritorio y arranca una receta de su talonario escribiendo en ella el nombre de una fuerte medicina para mantenerse alejado del sueño al cual no quiere regresar ni de bromas.

Sale del hospital rumbo a su mansión pasando por la farmacia para comprar el medicamento, pero piensa que nunca sería más fuerte que otros que están en las calles, aunque sean ilícitos. No puede arriesgarse a encontrase nuevamente con Max. Estruja la receta enfilando su auto hacia los arrabales de la ciudad. Con suerte, tendría la oportunidad de encontrar lo que busca. Se detiene en una esquina donde los bares de mala muerte son abundantes con algunos clubes de bailarinas desnudas; el olor a orina es penetrante, sintiéndose no importa dónde estacionase el auto. Alguna que otra mujer sale de los bares dando tumbos con faldas muy cortas acompañadas de algún hombre en iguales condiciones. La prostitución es prohibida en la ciudad pero para algunas..., abandonar el oficio más antiguo del mundo no está entre sus planes.

En la esquina se encuentra un sujeto a quien no se puede identificar bien debido a la escasa luz, tiene pinta de ganguero. El sujeto advierte la presencia del auto con las luces encendidas y comienza a caminar hacia él mientras el Dr. Velutti lo va detallando al acercarse: lleva una gorra blanca de medio lado a la cual no se le distingue el logo, lentes oscuros con más oro en los dientes que la bóveda del tesoro nacional, viste un pullover largo de los Marlins de la Florida (*Marlins = Equipo local de Pelota profesional*), con unos Jeans oscuros a media nalga y unos zapatos deportivos Nike sin acordonar.

Va acercándose cada vez más por la parte del pasajero inclinándose por la ventanilla para preguntar: *"Viejo, ¿Está perdido o viene buscando algo en particular?; porque tengo lo que me pida"*.

Velutti sin mirar al individuo, sabiendo que es peligroso mirarlos, mantiene la cabeza al frente con ambas manos sobre el timón de su Mercedes Benz blanco: *"¿Tiene Anfetaminas?"*.

Vendedor: *"¿Ah..., está buscando lo bueno eh...?"*, dice enseñando toda la dentadura de oro. Los brazos apoyados sobre la ventanilla muestran algunos tatuajes con las muñecas llenas de manillas doradas.

Dr. Velutti: *"¡No estoy para socializar ahora!, ¿Tienes o me voy a otra parte?"*. Ahora si gira la cabeza observando al individuo para hacerse el duro.

Vendedor: *"¡Eh, eh, aguanta los caballos mi amigo!"*, hace una pausa y continua hablando después de mirar hacia ambos lados: *"Yo tengo la mejor anfetamina de toda la ciudad, ¿Cuántas quiere?"*.

Dr. Velutti: *"¡Pásame diez, por el momento!"*.

El vendedor regresa a la esquina entrando en uno de los bares retornando en muy poco tiempo mirando hacia todos lados, luego saca de su bolsillo un sobrecito y lo pone en el asiento del pasajero. El galeno saca un fajo de billetes del bolsillo de la camisa entregándoselo al sujeto y con la misma le pega un zapatazo al acelerador quitándole las manos al sujeto de donde las tenia apoyadas en el auto; arrancándole un gemido y más: *"¡Eh..., HIJO DE P...!, ¿Pero qué se habrá creído éste viejo?"*, le grita improperios que no alcanza a escuchar, el psiquiatra ya se encuentra bastante lejos doblando por la esquina a toda la velocidad que puede.

EL NACIMIENTO

Capítulo 10

Hace una hora que Danny dejó a su amada en los bajos del edificio. Ya se encuentra en casa de Pedro Pablo entrando sin hacer ruido, aprovecha que se encuentra dándose una ducha para seguir de largo hacia la habitación evitando que le empezase a hacer preguntas. Esa es una conversación que puede esperar para otro momento, ahora está enfrascado en hacer cosas más importantes. Cierra la puerta silenciosamente, se quita la ropa de un tirón sin encender la luz y se lanza en la cama como si fuese una piscina. Acomodándose sobre el colchón relaja su cuerpo controlando la respiración, desea alcanzar el sueño rápidamente; lo ha practicado pocas veces pero podría funcionar nuevamente.

Se adentra por el túnel intentando atravesar la pared del mismo inclinando la cabeza y el cuerpo como si volase, comienza a desplazarse entre la densa pared hasta que sale del otro lado perdiéndose la conexión que se había formado entre su ampolla y la Madeja; nuevamente quedando atado a la ampolla por la estela brillante. Mira a su alrededor contemplando el panorama, en esta oportunidad se le ocurre intentar alcanzar la Madeja, siente mucha curiosidad por saber que se esconde en ella y comienza a ascender llegando hasta un punto donde no puede elevarse más; una fuerza gravitacional le impide llegar hasta ella, su ampolla se divisa muy lejos desde la altura, haciéndole pensar: *"Quizá en otro momento pueda lograrlo, tendré que descifrarlo"*.

Desciende nuevamente muy cerca de su ampolla enfocándose en lo que verdaderamente desea hacer desde que penetró por el túnel: *"Trataré de encontrar a Kelly si ya está dormida"*, pensando esto comienza el recorrido intentando identificar el camino hacia donde pudiera encontrarse ubicada. A lo lejos observa varios cúmulos muy altos de ampollas brillantes, unos encima de otros; parecen edificios del centro de la ciudad. Al llegar a ellos sabe que debe dirigirse hacia el sur, es allí donde encontraría su morada. Pasa y pasa edificaciones de ampollas recordando que tiene que llegar hasta una de las últimas antes de la entrada de *"Key Biscayne"*, *(Cayo en Miami)* que da hacia la bahía. Ésta correspondería con un inmenso espacio sin ninguna de las ampollas por tratarse del mar, así que constituye un buen punto de referencia. Al llegar reconoce el lugar, alzando la mirada observa muchos pisos con decenas de las brillantes estructuras conectadas a la Madeja. La mayoría poseen un conducto de color gris-azulado, percatándose luego que una muy cerca de él tiene tonos rojizos haciendo ese sonido peculiar; mientras la observa piensa: *"Creo que es el momento de conocer por qué hay algunas de semejante color y sonido"*.

Asciende unos 7 pisos, mientras lo hace su cuerpo ilumina como luciérnaga en el bosque, siendo los conductos o conexiones hacia la Madeja los troncos de los árboles.

Llegando finalmente hasta la ampolla con la conexión rojiza puede ver que en su interior yace un niño de unos 6 años. Adentrando las manos comienza la inmersión en la ampolla del muchacho viajando rápidamente por el túnel hasta la Madeja. Tan pronto como arriba, el frio se apodera de su cuerpo, se encuentra en una oscuridad total poseída por un sonido animal espantoso. Entre el eco del sonido se escucha además el llanto de un niño no muy lejano, a quien no puede ver debido a la intensa oscuridad. Sin demoras hace aparecer una antorcha iluminando los alrededores, reconfirmando que posee control sobre su imaginación aún en sueños ajenos. Mirando alrededor se percata que se encuentra en una fría caverna, el sonido del animal se escucha cada vez más cerca comenzando a preocuparle. Busca con más énfasis y rapidez en cada rincón, en cada esquina. Sin resultados, intenta guiarse por el sonido del llanto que continúa aproximándose con cada paso suyo. Mientras más cerca le parece encontrarse del sonido del muchacho, más cerca siente ahora la respiración y el sonido de la bestia. Danny mira hacia todas partes desesperado sin saber que encontrará. Comienza a sentir un escalofrío que le recorre la espalda haciéndolo voltearse rápidamente cuando… es atrapado por el muchacho que se sujeta con fuerza de su cintura; proporcionándole un tremendo susto.

Danny: *"¿Qué te pasa, por qué estas tan asustado y con ese llanto?"*, intenta zafar al pegajoso niño de su cuerpo, hasta que logra tomarlo de los brazos y luego le abraza fuertemente, arrodillándose posteriormente: *"¡Pero habla…!"*.

El niño hecho un manojo de nervios, suda muchísimo empapándole toda la ropa aunque hace frio en la caverna. Tartamudeando se le entiende solamente decir: *"¡LA, LA, LA…!"*.

Danny: *"¿Se te ha trabado la lengua o estas cantando?"*, ahora le sostiene la cabeza de ambos lados intentando hacerle reaccionar, cuando el muchacho mira súbitamente hacia un lado y grita horrorizado…

"¡LÁGARON…!". Junto con su grito, el rugir de la criatura hace estremecer el lugar. La bestia se podría describir como un lagarto gigante con cabeza de tiburón blanco y todos sus dientes incluidos; a lo que el niño denomina Lágaron. Danny inmediatamente llega a la conclusión que se encuentra en una pesadilla. El animal se acerca despacio acorralándoles entre las paredes. Danny poniendo al pequeño tras de sí, protegiéndolo de su tormentoso sueño se lanza sobre la bestia recibiendo un zarpazo en las costillas del lado derecho, lanzándolo lejos; perdiéndose entre las sombra al dejar caer la antorcha. El niño viendo que no tiene escapatoria, comienza a gritar desconsoladamente. Lágaron se acerca enseñando toda la dentadura gruñendo como tigre furioso, babeando todo el suelo y listo para atacar a su presa.

Desde la oscuridad se siente la voz de Danny que le dice: *"¡No temas amiguito, que yo estoy aquí contigo!"*, diciendo esto le grita a la bestia: *"¿Eso es todo lo que tienes?, ¿Te gusta abusar de un niño indefenso?"*, la bestia haciendo caso omiso de sus palabras abre la boca y lanza la lengua viscosa como a cinco metros para atrapar su bocado pero… se ha quedado corta en su intento. La lengua no alcanza llegar hasta la presa. Danny con una velocidad sobrehumana la ha atrapado justo antes de hacer contacto con el niño. Comienzan a forcejear dando jalones cada uno para su lado. Nuestro héroe al darse cuenta que no lograría nada con esa estrategia, echa a correr hacia el monstruo provocando que le envistiese con otro zarpazo; pero ésta vez no furtivo. Aprovechando que la garra se encuentra en el aire, le da unas vueltas con la lengua inmovilizando la gruesa pata con afiladas pesuñas, posteriormente continúa hacia la otra y así sucesivamente. Como vaquero a su vaca en el rodeo, lo deja inmovilizado toralmente tumbado en el suelo, chillando de la impotencia por estar atado con su propia lengua.

Nuestro héroe corre hacia el niño preguntándole: *"¿Estás bien?"*, haciendo una corta pausa al verle ileso, continúa: *¿Cómo te llamas?"*. Él se lanza sobre sus brazos y le contesta: *"Nick"*, los llorosos ojos son secados con la camisa del salvador, que aprovecha para cargarlo y llevarlo cerca de la bestia.

Danny: *"¿Lo ves?, está indefenso y ya no podrá hacerte más daño"*, el muchacho suspira viendo como le da unas pequeñas cachetadas al Lágaron intentando apaciguarlo, dejándole saber a Nick que no tiene por qué temerle. Sacándole de la cueva, lo lleva hacia una pradera soleada donde hay otros niños jugando entre el trigo que semeja un océano amarillo. Allí lo baja de sus brazos hacia el suelo quedando agachado mientras se miran mutuamente.

Nick con voz infantil le pregunta su nombre, a lo cual responde: *"¡Soy el justiciero...!"*, se pone de pie a la vez que coloca sus manos en la cintura, posteriormente empina su pecho levantando la cabeza hacia el soleado horizonte.

Nick: *"Pero los héroes justicieros llevan mascaras para que no le descubran, ¿Dónde está la tuya?"*.

Danny sonriente asiente con la cabeza, luego se voltea encorvándose dando una media vuelta para ocultar su rostro. Su cuerpo se va cubriendo de un material gomoso de color marrón con betas verdes semejando un camuflaje. Unos segundos más tarde se para nuevamente frente al pequeñín. Esta vez no se le observa el rostro, una máscara del mismo material y color cubre toda su cabeza con un cristal polarizado brillante que abarca desde la mitad superior de la cabeza, alargándose hacia delante cubriendo toda la parte facial hasta la zona del mentón. El vidrio sólo es transparente visto desde la cara interior; la cara opuesta refleja todo a su alrededor, sellando de esta forma su identidad. La parte baja del cristal posee una salida de ventilación por la que se le escucha respirar.

Nick: *"¡Entonces, sí eres un héroe justiciero!"*, los demás niños se le acercan para admirar la rara vestimenta a la vez que todos comienzan a preguntarle: *"¿Cómo te llamas?, ¿Cómo te llamas?,..."*.

Danny: *"¡Me llamo DREAMMAN!, si me necesitan sólo llámenme"*. Dando un salto en el aire desaparece provocando reacciones de alegría, todos saltan con los brazos en alto. Nick finalmente percatándose que tiene a alguien que lo defienda de sus espantosos sueños, levanta también sus brazos gritando…

Nick: *"¡DREAMMAN, DREAMMAN!"*.

Danny regresa al espacio intertubular con una gran satisfacción viendo que el conducto de Nick tiene ahora un color gris-azulado como el resto que puede divisar desde allí. El traje ha desaparecido y no le parece nada mal lo que ha sucedido, ha encontrado un nuevo sentido a su vida ayudando a todo aquel que necesite ser protegido de sueños tormentosos o pesadillas.

Sigue recorriendo cada piso hasta llegar al último y… allí está frente a sí la ampolla más buscada de toda la ciudad. Danny le da vueltas y vueltas observándola dormir plácidamente, pensando: *"Quiero entrar pero tengo miedo perturbar sus sueños o que algo salga mal, no se…"*. Da una media vuelta en retirada deteniéndose momentáneamente para luego decir: *"¡Qué demonios!"*, lanzándose de cabezas hacia la ampolla de su amada.

Kelly camina descalza por el borde de una colina donde puede sentir los primeros rayos del amanecer que ya le comienzan a calentar. Deambula envuelta en una sábana de encajes que arrastra por el suelo cubriendo el desnudo cuerpo. El fuerte viento alborota su cabello ondulado, trayendo consigo el sonido del galopar de un animal que se acerca hacia ella. La intensidad de la luz solar no le deja ver con claridad que es lo que se aproxima, sólo percibiendo una silueta erguida y veloz que continúa acercándose. Coloca una mano sobre las cejas para bloquear un poco la claridad tratando de reconocer la imagen, hasta que la voz familiar de Danny vibra en sus oídos como colibrí en la flor: *"¿Te llevo a dónde vas?"*. Un esbelto caballo de mar manchado de carmelita claro y blanco, lleva a su príncipe sobre su lomo. Él le da la vuelta para que le pueda observar mejor. Va descalzo también, con sólo un short de mezclilla azul claro exhibiendo su atlética figura.

Kelly le sonríe respondiendo: *"¿Por qué no?"*. Danny la toma del brazo que ella le extiende subiéndola al lomo del corcel marino quedando a horcajadas detrás suyo como si lo hubiesen practicado miles de veces. Kelly se agarra pasando las manos por debajo de los musculosos brazos para depositarlas luego sobre su pecho, dándole un caluroso beso en la ancha espalda. La brisa los despeina cabalgando cuesta abajo, la sábana de encajes revolotea en la parte posterior cual estandarte hasta llegar al mar; perdiéndose entre las olas a lo lejos.

Las corrientes del océano los pasean por los mares. Danny le muestra los arrecifes coralinos con su fiesta de colores. No existe sitio donde mirasen que no encontraran bellas formas, caracoles y toda clase de peces simpáticos que parecen danzar a su paso; otros pequeños como serpentinas revoloteando en el carnaval sin caer al suelo jamás. Una escuela de delfines les siguen a todas partes como escoltas, pasando de esta manera mucho tiempo bajo el agua. Recorren inmensos tesoros hundidos, llegando hasta las costas de Hawái donde ascienden hacia una montaña nuevamente, desmontando de la bestia en la cima. Él le da una dulce palmada al corcel haciendo que se aleje de su romántico panorama, ya entonces anochece iluminándolos el resplandor de la lava volcánica que comienza a brotar muy cerca de ellos por la boca del cráter. Sus cuerpos quedan muy juntos tomados de la mano viendo caer el sol. Se van acercando inevitablemente cada vez más como la lluvia a la tierra, él la toma de las caderas mientras ella entrelaza las manos por detrás del cuello del galán acercando sus labios, cuando…

La conexión de Kelly con la madeja desaparece súbitamente dejando a Danny mirando hacia los alrededores buscándola, notando que se encuentra nuevamente en el espacio intertubular; Kelly se ha despertado. Ha transcurrido una noche entera y Danny no ha descansado nada. Regresa a su ampolla siguiendo el rastro luminoso, hasta que se sumerge en ella volviendo al estado de vigilia. Mirando hacia el techo advierte que le duele un poco la cabeza y el costado, recuerda que en la batalla contra el Lágaron, éste le proporcionó un zarpazo en las costillas. Se levanta mirándose en el espejo unos rasguños en esa misma zona, dándose cuenta que debe tener mucho cuidado con las cosas que le pasan en sus sueños, pues tienen repercusión en la dimensión real.

Regresando a la cama establece nuevamente conexión con la Madeja, se dirige hacia su espacio en blanco al final del túnel creando condiciones plácidas para descansar la mente, aunque sea por un momento luego de una intensa noche.

Adentrada la mañana...

"¡Danny, Danny...!", regresando veloz de su sueño se percata que Pedro Pablo le llama con los dedos sobre su boca por temor a asustarle. *"Ya es casi mediodía y me has tenido dando vueltas en la casa como animal con bichos esperando que te levantes"*, se estira sobre la cama suspirando fuertemente intentando obtener energía; su cuerpo ha descansado lo suficiente, pero su mente no. Danny observa jocosamente a Pedrito con cara de no muy buenos amigos...

Pedro Pablo: *"¡Me asustas hombre!, ¿Por qué pones esa cara?"*, se pone de pie apretando las manos cerradas una contra la otra debajo del mentón. Danny se pone de pie también con la mirada hacia abajo y luego de una pequeña pausa se le echa encima apretándolo muy fuerte, posteriormente lo levanta del suelo comenzando a darle vueltas como un loco...

Danny: *"¡La tengo Pedrito, la tengo... Es mía, mía...!"*, soltando de un tirón a su amigo camina hacia la ventana, Pedro Pablo no puede ocultar su alegría haciendo el famoso baile del pollo con viruela, aleteando y levantando las piernas.

Pedro Pablo: *"¡Lo sabía!, sabía que mis plegarias serían escuchadas, yo sé bien como has luchado por ese amor"*, luego suspira diciendo nuevamente: *"Vístete para que desayunes lo que te tengo preparado y... te tengo una sorpresa..."*, diciendo esto cierra la puerta alejándose mientras canta en voz alta. Danny mueve la cabeza circularmente tomando un poco de aire, recoge la ropa usada poniéndola en una bolsa y se mete en el baño para tomar una ducha caliente que le permita enfrentar el día.

Luego de terminar su baño y el fortificante desayuno preparado por Pedro Pablo se queda en la mesa conversando de algunos pormenores de su inolvidable cita. Pedrito le escucha atentamente, siente mucha pasión por las cosas de Cupido dejando escapar algunas lágrimas.

Danny: *"Vamos hombre, que no es para tanto"*, le sostiene las manos por encima de la mesa.

Pedro Pablo: *"De veras, estoy muy contento por ti y te deseo lo mejor"*, retira sus manos sacando de debajo de la mesa una bolsita de regalo, diciendo: *"Es un presente para ustedes dos, espero que me la traigas por aquí un día de estos"*. Se levanta de la mesa recogiendo los platos y cubiertos que va depositando en el fregadero de la cocina. Danny observa la bolsita agarrándola por sus hazas acercándola. En su interior repleto de finos papelillos de colores se encuentra una cajita. Se voltea mirando a Pedrito quien le observa atentamente sin perder detalle sosteniendo un vaso con agua que no acabada de beber nunca. Finalmente Danny se anima y destapa la cajita encontrando un sobre amarillo en su interior.

Danny: *"¡Ah...!"*, exclama viendo la intención de la broma en cada envoltura mientras Pedrito lleva el vaso a su boca derramando un poco de su contenido fuera de la misma; el agua recorre sus mejillas haciendo que se incline hacia delante. Tragando el resto que le queda, extiende el brazo haciendo una seña con la mano para que continuase abriendo el regalo, luego continúa secándose con el antebrazo de la mano que sostiene el vaso. Danny regresando la mirada nuevamente hacia el sobre, lo abre por un costado extrayendo un papel de su interior.

Danny: *"¡Caramba Pedrito!, ¿Una reservación de un fin de semana para dos en un hotel de Cayo Hueso?"*, abre los ojos sosteniendo el papel con una mano manteniendo la otra abierta en el aire trayendo con el pensamiento a Kelly. Pedrito se le acerca por detrás y le abraza, dándole un beso en la cabeza. Danny se levanta de la silla abrazándolo fuerte, diciendo: *"¡No tenías por que hacerlo, pero para la próxima que sea un viaje a Europa...!"*, las carcajadas que salen de ambos recuerdan dos pilluelos haciendo de las suyas.

Una hora después, nuestro Don Juan no puede aguantar las ganas de volverla a ver, ha pasado mucho tiempo pensando en ella y sin titubear agarra su celular marcando su número.

RRRRrrrr... RRRRrrrr..., Suena en el auricular el sonido de la llamada dos veces solamente desesperando a Danny: *"¿Se habrá arrepentido?"*, piensa preocupado cuando...

Kelly: *"¡Hola!"*, responde con suavidad haciéndole cambiar al galán la expresión de su semblante instantáneamente.

A pesar de reconocerle la voz de inmediato, intenta hacerse el que no la conoce: *"¿Pudiese hablar con Kelly por favor?"*.

Kelly: *"¡Ella no se encuentra!"*, responde siguiéndole el juego.

Danny: *"Bueno, pues..., dígale si no le es molestia que un admirador suyo la ha llamado para ver si quiere salir a almorzar esta tarde"*, él sabe que la está llamando a su celular, reconoce estar nervioso; aunque pone de su parte para no soltar prenda.

Kelly: *"Muy bien, yo se lo digo y... ¿Donde sería?"*, ahora es ella quien demuestra intriga.

Danny: *"En un lugar especial a las 3:00 pm. Puedo pasar a recogerla en la entrada del edificio, ¿Es posible?"*. Le pregunta dejando escapar la risa que no ha puede contener.

Kelly: *"¡Un momento que está entrando por la puerta, le voy a preguntar!"*, transcurre una breve pausa para responder luego: *"Dice que está bien, que pase a recogerla a las 3:00 pm"*, ella también deja escapar una carcajada contenida, colgando posteriormente el teléfono. Danny mueve la cabeza con aires de felicidad en su expresión, se levanta del sofá dirigiéndose a la habitación para comenzar a acicalarse.

Un rato después en la entrada del edificio…

Se abren las puertas del elevador por donde salen varias personas. Como en cámara lenta Kelly va caminando con el pelo recogido hacia la espalda, lleva un sombrero blanco, ancho, con lentes oscuros, su blusa corta y escotada deja pronunciar el busto nada exagerado, exhibiendo a su vez el saltar de su ombligo cuando camina. Los pantalones claros de una tela muy fina están atados a mitad de pierna con pequeños lazos, encajándose en la cadera superiormente; haciéndolo sudar desde el primer vistazo. *"De veras que el calor que nos brinda Miami es ideal para llevar prendas frescas como éstas pero…, esta ninfa trae más calor consigo que un horno de panadería"*, piensa.

Se encuentran justo en la parte de afuera de la puerta de gruesos cristales, no hay ni que mencionar con la cara que Danny la observa dándole un corto beso como si quisiera devorarla. A Kelly le gusta la forma que le besa pero retira su cuerpo mirando hacia los lados diciéndole en baja voz: *"Estamos en la puerta de mi edificio, controlémonos"*.

Danny: *"A mí me parecen más bien las puertas del cielo con un ángel de bienvenida"*. Le susurra al oído y haciendo caso a sus palabras se separa sosteniéndole la mano. Luego caminan despacio por la acera rodeada de jardines con flores que el galán no había podido apreciar la noche anterior debido a la oscuridad. En el transcurso del camino hacia la salida que conduce al parqueo se acercan caminando hacia ellos una pareja con un niño, el cual se suelta de las manos de su madre y sale corriendo hacia Danny parándose frente a él, gritándole: *"¡DREAMMAN, DREAMMAN…!*. Haciendo gestos de pelea, dando piñazos y patadas al aire con efectos de sonido que salen de su boca, consigue que Danny mire a su alrededor intentando ignorar lo sucedido; la insistencia del muchacho hace que le coloque la mano en la cabeza alborotándole el cabello. Los padres de Nick con paso apurado se acercan pidiendo disculpas por la reacción inesperada de su hijo.

Danny: *"No tiene importancia, no pasa nada"*, le dice adiós con su mano a la pareja y observando sonriente al niño le hace una seña con el ojo. Puede escucharse a Nick contándole a los padres mientras se aleja: *"¡Si mamá, ese es Dreamman del que te conté esta mañana, el que le amarro las patas al Lágaron con la lengua y…!"*, ya no se escucha más su voz una vez que entran por la puerta del edificio. Se puede distinguir a través de los cristales que continúa contando su experiencia a sus padres sin dejar de mirar atrás.

Kelly: *"¿Te gustan los niños?"*.

Danny: *"¡Mucho!, tengo planeado todo un equipo de pelota familiar, sólo espero que seas tú la directora del equipo"*. Ambos ríen soltándose las manos para abrasarse nuevamente terminando en otro beso. Ella se separa llevándole a rastras hasta su auto pasando de largo el huevito amarillo. Haciendo señas para que se detuviese, Danny intenta frenarla; pero ella actúa como un buey halando una carreta.

Kelly: *"Hoy nos vamos en mi auto"*, posa sus delicadas manos sobre los labios de Danny para que no pronunciase palabra alguna, luego abre con el control remoto las puertas de su pequeñito BMW gris, estilo convertible.

Danny: *"Esta bien, te perderás las turbinas y las alas que le instalé al mío, además de la impresionante vista desde el aire"*. Todo es armonía, la tarde preciosa y soleada. El techo del convertible se abre recogiéndose, a la vez que se guarda en el maletero. Kelly enciende el auto poniendo el vehículo en marcha rumbo al centro de la ciudad.

Se detienen en el Bayside (*Centro comercial que da hacia la bahía*). Al igual que en el Dolphin Mall contiene muchas boutiques, pero además tiene muchos restaurantes con vista al mar. Se sientan en uno de ellos viendo la gente pasar de un lado; del otro… el plácido mar de la bahía les hace encallar la mirada en él por un instante.

Kelly: *"El mar me recuerda el sueño que tuve anoche"*, le dice sin apartar la mirada de los luminosos destellos de la luz solar sobre el agua. Danny con cara picaresca se acomoda en su silla mientras escucha y repasa cada momento del sueño, pero inevitablemente a su mente viene también Nick; el niño con las pesadillas. Recuerda con atención que le decía que los héroes justicieros siempre han llevado mascaras para no ser identificados, por ello dándole mucho valor a sus palabras reconoce que si pretende ayudar a las personas con sus problemas mientras duermen debe enmascararse para evitar cualquier percance; podría traerle muchos problemas, no sólo para él, sino para sus seres queridos. Kelly continúa hablando del viaje sobre el caballo de mar, pero que sintió mucha tristeza al despertar justo cuando estaban a punto de darse un beso a la orilla del cráter de un volcán en Hawái.

Él la observa impresionado con todo lo que recuerda, es volver a vivir por segunda vez. Se levanta un poco de la silla inclinándose hacia delante para levantar los espejuelos mirándole fijamente a los ojos; luego le incrusta un beso provocando que voltease la cabeza algunos de los transeúntes.

Danny: *"Ese es el beso que te faltó anoche, no me gusta tener cuentas pendientes"*, volviendo posteriormente a sentarse sin despegar sus ojos de los de ella.

Durante el almuerzo, sale a relucir la conversación sobre lo que le había sucedido a Kelly: *"Sabes, ayer fui al hospital y aunque no tenía que hacerlo, quise colaborar con una llamada que hicieron para que chequeasen unos pacientes en la sala de Psiquiatría. Allí me encontré con el viejo verde del Dr. Velutti!"*.

Danny: *"¿El Psiquiatra?, he oído algunas historias suyas y no son nada buenas"*, dice volviendo a recostarse al espaldar de la silla entrecruzando sus dedos para escuchar la historia.

Kelly: *"El mismo, no pierde la oportunidad para molestar, pero... ese no es el punto. Lo interesante es que está haciendo un estudio con un medicamento y unos pacientes esquizofrénicos que presentan trastornos en el sueño, o algo así"*, hace una breve pausa continuando luego: *"Quedé impresionada de la manera tan rápida que movían los ojos"*. Habla con cierta preocupación, continuando: *"Resulta que cuando fui a examinar al tercero de los pacientes, un tal Max"*, hace otra corta pausa que rompe diciendo: *"Ese hombre me dio miedo, muy corpulento; sus ojos parecían que se querían salir de sus órbitas oculares por lo rápido de sus movimientos, cuando de pronto... ¡Se detuvieron mirándome de una forma que todavía me produce escalofríos!".*

Danny: *"¿Pero... te hizo algo?".* Pregunta muy preocupado por ella.

Kelly: *"En realidad no, pero... el susto me hizo llamar al Dr. Velutti que entró de prisa. Para cuando examinó al paciente ya tenía los ojos cerrados y según él se encontraba en la fase REM del sueño; así que no era posible que tuviese los ojos abiertos. No lo sé, debo haberlo imaginado".* Negando con la cabeza se dispone a beber un sorbo de agua.

Danny: *"Bueno..., mejor olvidemos a ese Max y pasemos a un tema más bonito, ¿No te parece?",* Él paga la cuenta dejando el dinero sobre la mesa, al salir le dan las gracias al camarero que tan gentilmente les había atendido. Luego caminan de la mano por el paseo que bordea el mar. Ya la tarde está más fresca y el sol ha caído alargando las sombras de las palmas reales y los cocoteros del paseo.

Danny aprovechando la caminata comienza a contarle de su amigo Pedro Pablo y del regalo que les ha hecho a ambos sin soltar detalles del mismo.

Kelly: *"Por lo que cuentas me parece un buen hombre y por lo que pude ver cuando te recogió en el hospital el día de la cirugía, se ve que te quiere mucho".* En su lento andar ella le toma de la cintura recostando la cabeza en su pecho, él pasa su brazo por detrás de la espalda haciendo contacto con la cadera para sentir mejor el compás de su movimiento.

Danny: *"Más que eso, yo siempre lo he querido como el hermano que nunca tuve",* le sostiene la cabeza con la mano libre, besándole la frente sin dejar de caminar.

Kelly*: "¿Y qué presente es ese del que me hablaste?",* le observa levantando la cabeza sin despegarla del cuerpo.

Danny*: "Nos ha regalado una reservación para dos en un hotel de Cayo Hueso",* se detienen bajo la sombra de una de las palmeras del paseo abrazándose. Ella desde hace mucho lleva el sombrero en su mano para que no interrumpa el cortejo.

Kelly lo mira apasionadamente cambiándole la conversación: *"Mañana como estoy de guardia voy a hablar con el Dr. Serrano para transferirle tu caso y que sea él quien haga tu seguimiento; aunque yo estaré pendiente. Quiero además que te haga un estudio mañana mismo para esos dolores de cabeza que estás teniendo".* Danny reacciona ante el comentario separándose levemente.

Danny: *"¿No te agrada la sorpresa de mi amigo Pedro Pablo, es que no deseas compartir ese fin de semana conmigo o es que no quieres ser mi doctora?",* le pregunta notándose claramente angustia en sus palabras.

Kelly le suelta una mueca con ojitos achinados y todo: *"¡Tonto!, es que no se ve bien que un médico salga con su paciente, no es nada ético; yo sé que no se va a negar. Y... sí, quiero ir contigo a Cayo Hueso, creo que la vamos a pasar muy bien".*

Danny: *"¿Quién se puede negar a lo que pidan esos labios?"*, piensa a la vez que se acercan nuevamente continuando con los ya acostumbrados besos apasionados.

INTENTO FALLIDO

Capítulo 11

La mansión del Dr. Velutti se encuentra con todas las luces encendidas aún cuando todas las demás casas del vecindario ya se encuentran apagadas. En ésta particularmente, parece que su dueño no tiene intención alguna de irse a la cama esta noche, camina inquietamente pensando con algunas muestras de cansancio en sus ojos; se observa constantemente en el espejo revisando las ojeras que ya comienzan a relucir.

Dr. Velutti: *"No sé qué tiempo podré aguantar así en esta maldita vigilia, tengo que lograrlo, Max no puede sorprenderme dormido"*, habla para si en voz baja. Camina hacia la mesita de noche buscando algo que encuentra en la parte superior del cajón pegado con cinta adhesiva en el interior, el sobre con las anfetaminas. Conoce muy bien las consecuencias que le traería si son descubiertas así que ha tomado sus medidas manteniéndolas fuera del alcance de cualquiera que registrase en él, como la empleada que realiza el aseo. Abriendo el sobre extrae una pastilla llevándola a su boca empujándola hacia lo más profundo de ella con su lengua, luego sosteniendo la colorida jarra que trajo de las Bahamas una vez que fue de vacaciones se da unos tragos grandes café bien cargado que haría levantar un muerto si lo bebiese.

Bajando las escaleras se dirige hacia la sala encendiendo el televisor sin sentarse en el reclinable porque es demasiado cómodo, lo hace en el banquito que esta a los pies del mismo para no recostar la espalda. Pasa algunas horas allí sentado, el cansancio de todo el día de trabajo es mucho, su cuerpo le pesa toneladas con una picazón en los ojos insoportable. Ni las anfetaminas le están funcionando.

Dr. Velutti: *"Tengo que poder, tengo que poder"*, piensa repetidamente mirando un programa deportivo. El sostener su cabeza le ha fatigado los músculos del cuello dando pequeños cabezazos. El tiempo transcurre lento, ya se ve asomarse la claridad a través de la ventana pero paradójicamente la luz de la habitación se va apagando como si tuviese un sensor de claridad, donde a medida que incrementa la luz solar disminuye la que proviene de las bombillas incandescentes. En el televisor han comenzado las noticias matutinas, una reportera habla de las condiciones del tiempo.

Reportera: *"El día hoy estará despejado, con algunos chubascos y tormentas aisladas en la tarde. La mar estará ensangrentada con olas que bañaran las costas..."*, las imágenes de la mar ensangrentada son proyectadas de inmediato. Al Dr. Velutti no le parece haber escuchado bien lo que ha dicho la reportera, así que sosteniendo el control remoto alza el volumen del televisor hasta el máximo. En tanto otra reportera da las siguientes noticias: *"En la mañana de hoy la policía de Miami Dade ha encontrado el cuerpo sin vida del Doctor Oscar Velutti en su mansión..."*. Aterrorizado, el galeno se cubre los oídos fuertemente; de inmediato corre hacia el televisor gritando hecho un manojo de nervios y lo empuja de un manotazo. Éste cae de la mesita halando el cordón eléctrico desconectándose del tomacorriente quedando con la pantalla hacia abajo, sin embargo la reportera continúa hablando sin parar.

Velutti sale corriendo encerrándose en su despacho justo al lado de la sala cerrando la puerta con llave. Retrocede lentamente escuchando aún el sonido del televisor pero sin entender lo que dicen. Al retroceder tropieza con la mesa del escritorio sentándose en ella mientras respira profusamente. Sin tener tregua escucha ruidos que provenían de allí, justo de detrás de la mesa del escritorio. Los pelos de su cuerpo comienzan a erizarse, el sudor de su frente converge en gotas más grandes que se derraman sobre los espejuelos. Los sonidos no se distinguen bien, aunque semejan a ratas en estampida. El Dr. Velutti levantándose cautelosamente comienza a girar, la curiosidad es más fuerte que el miedo que siente. Las cortinas del despacho están cerradas impidiendo la vista hacia afuera. Le da la vuelta al mueble intentando no hacer ruido en tanto su pijama va mojándose con el sudor que no se detiene. En el transcurso, sostiene el pisapapeles de mármol con la figura de Julio Cesar que presiona alguno de los documentos para que no se vuelen y lo eleva como quien quiere aplastar una cucaracha apretando los labios. Sosteniendo la silla que se encuentra justo delante de la abertura donde se introducen las piernas en el escritorio, la arrastra rápidamente hacia atrás mirando debajo del buro listo a machucar cualquier cosa que se encontrase debajo lanzando a Julio Cesar con todas sus fuerzas en esa dirección. Debajo del escritorio tan sólo descubre un espacio vacío y ahora con lo que queda del pisapapeles al éste estrellarse en el suelo.

De repente, estando de espaldas a la ventana cubierta por la cortina, los cristales estallan de manera inesperada tras el sonido ensordecedor de la voz de Max: *"¡OSCAR..., TE ESTOY ESPERANDO..., JA, JA, JA....!"*. Éstos son expulsados en todas direcciones haciéndole grandes cortaduras a las cortinas y a Velutti en el rostro, brazos y piernas mientras la macabra risa de Max continúa sin detenerse.

Oscar reacciona despertando muy agitado, sale corriendo del banquito frente al televisor donde se había quedado dormido. En la cocina busca entre las gavetas un cuchillo de mesa de metal y lo introduce en un tomacorriente recibiendo tremenda descarga eléctrica que le espabila instantáneamente. Cayendo arrodillado, respira fatigado tras la intensa contracción de sus músculos torácicos mientras la electricidad le recorría. Hecho un guiñapo, temblando hasta más no poder arranca en un llanto descontrolado; la sangre brota desde todas partes debido a las cortaduras recibidas por la explosión de la ventana en su sueño, mientras permanece intacta su oficina. Con el llanto se babea embarrando aun más su pijama poniéndose de pie con dificultad. Dando cortos pasos hacia el baño va dejando un rastro de sangre en el suelo, fácil de distinguir.

En el hospital...

Los fines de semana en el hospital de Miami se convierten en una llamativa pasarela, constituyen los días más concurridos debido a las visitas de familiares y amigos quienes se mueven libremente por los pasillos del inmueble.

Danny hace su entrada por la oficina del servicio de Oftalmología, los especialistas de cada servicio cuando están de guardia sólo acuden a las emergencias si son requeridos; de lo contrario permanecen en espera. Arribando a la oficina de su querida Dra. K. Méndez, golpea suavemente la puerta entrando luego al saloncito de espera encontrándole vacio, como es de esperarse para un domingo. Continúa hacia la siguiente puerta repitiendo la operación asomando la cabeza y llamándola: *"¿Kelly?"*, observa que la oficina está vacía también, pensando: *"Probablemente está pasando visita en la sala a los pacientes internos"*, posteriormente cierra la puerta dirigiendo sus pasos hacia los elevadores. Una vez en la sala recorre los cuartos sin entrar en ellos hasta llegar donde se encuentra atraído por su melosa voz, encontrándola junto al Dr. Serrano debatiendo sobre un caso. A través del alargado cristal de la puerta que deja entrever hacia ambos lados, Kelly ha notado su presencia cambiando el rostro hacia uno más dulce, haciéndole una seña con el ojo izquierdo. Advirtiendo la acción, el Dr. Serrano que se encontraba de espaldas a Danny voltea la cabeza hacia la puerta para presenciar lo que se pierde. Posteriormente ambos galenos muy risueños se despiden del paciente saliendo de la habitación.

Danny y Kelly se saludan con un corto beso en los labios, luego él le ofrece la mano a Serrano quien se decide a hablar primero.

Dr. Serrano: *"¡En hora buena caramba, nos felicitamos!"*, exclama levantando los antebrazos, haciendo un gesto con el torso y la cabeza hacia atrás.

A Danny le da gracia lo que ha dicho porque se ha incluido: *"¿Nos felicitamos?"*, le pregunta intrigado.

Dr. Serrano: *"Sí, porque ya me va a dejar tranquilo y además he ganado un paciente... ¿Entiendes?..."*, su elaborado sentido del humor le ha caído muy bien a Danny.

Danny: *"Doctor, Kelly me había hablado..."*, el Dr. Serrano no le deja continuar, le coloca un brazo sobre el hombro habiéndole caminar por el pasillo junto a él; arrebatándoselo a Kelly.

Dr. Serrano: *"Llámeme David por favor, ahora que entramos en confianza"*, ella se cuelga del brazo de su amado para no quedarse rezagada.

Llegando hasta la zona destinada para exámenes de laboratorio y radiología, David se inclina por delante del cuerpo de Danny pegándole suaves golpecillos a la mano de Kelly un par de veces, quien todavía permanece colgada de su brazo.

Kelly: *"¡Auch!"*, haciendo un gesto de sorpresa ella retira el brazo frotándose la mano mientras pone carita de niña que ha sido regañada.

David: *"Ya lo tendrás dentro de un ratico, ahora es sólo mío"*, le dice exagerando la pronunciación de las eses (S), arrastrando a Danny dentro de una de las puertas de Radiología. Kelly se retira camino de su oficina para adelantar el trabajo observando a su media mitad siendo arrastrada.

En el interior de Radiología, Danny espera junto a la puerta mientras David conversa con el técnico del MRI (*MRI = imágenes por resonancia magnética*), luego de un rato de charla ambos se acercan.

76

David: *"Danny, se va a quedar aquí y va a seguir todas la instrucciones que el técnico le va a dar y las va a seguir muy bien para que el resultado sea lo más preciso posible, ¿De acuerdo?"*.

Danny: *"¡De acuerdo!"*, cruzando los brazos sacude la cabeza positivamente.

David: *"Luego él lo llevará al laboratorio donde le tomarán algunas muestras de sangre. Todos los resultados serán enviados a mi despacho por la vía de la red del hospital y hoy mismo podremos conocer más de su condición, ¿Está bien?"*, le pone la mano en el brazo despidiéndose de ambos.

David se retira dejándolo a merced del técnico de MRI que introduce a Danny en la habitación donde se encuentra el equipo que realiza dicho procedimiento. Le hace desvestirse poniéndose una bata abierta en la parte posterior, indicándole además que debe acostarse con los brazos a su lado y no debe moverse durante un largo período de tiempo en que el equipo debe registrar todas las imágenes de la cabeza que el doctor ha recomendado realizar. Danny se acuesta en la camilla que lo introduce muy lentamente en un gran aro metálico mientras escucha la voz del técnico pidiéndole que se relaje y se mantenga sin realizar movimiento alguno hasta que haya terminado. Danny se relaja escuchando un sonido semejante al de las ruedas de un tren ganando velocidad, pero a su vez piensa que es preferible escapar a su otro mundo mientras se realiza el procedimiento; de todas formas debe ocupar el tiempo entretenido en algo.

Ya conoce muy bien como penetrar en el túnel y salir de él antes de llegar al espacio en blanco, quedando sin conexión con la madeja en el espacio intertubular mientras piensa: *"Quisiera aprovechar para entrar a ayudar a alguien que tenga sueños desagradables, pero eso sí, esta vez con la identidad anónima"*. Observa a su alrededor detectando muchas ampollas conectadas, atrayendo su atención tres de ellas juntas no muy lejos de allí, bien rojizas que chisporrotean entre sus conductos cuando se juntan. Por momentos se mantienen unidas, se entrelazan y luego vuelven a separarse. Intrigado se acerca hacia ellas observándolas detenidamente.

Danny: *"Seguro que son pacientes del hospital, ¿Que hará que se mantengan así unidas durante tanto tiempo?"*, las continúa observando inclinando la cabeza hacia arriba viendo como los conductos se pierden en la Madeja.

Se decide a entrar en la primera ampolla que tiene a su lado desvaneciéndose en ella. Atraviesa como un torbellino el conducto hacia unas ruinas donde aprovecha para transformar su imagen en ese traje engomado de camuflaje marrón y verde. El cristal que cubriría su rostro no lo ha cerrado para detallar mejor el terreno, luego levanta su mano derecha tocando con sus dedos pulgar e índice el cristal que le separa de su verdadera identidad, cerrándolo de arriba hacia abajo; quedando completamente irreconocible. Esta vez adiciona una letra *"D"* mayúscula de color rojo intenso, confeccionada de una forma no muy convencional; se contornea en armonía con el camuflaje sobre el pectoral izquierdo, girando el trazo hacia el pectoral derecho para luego enrollarse en el cuello y finalmente descender libremente hacia la espalda.

77

Dreamman recorre volando el desbastado paisaje como salido luego de una detonación nuclear. No muy lejos de allí observa un lago de aguas negras, más bien diría que es un pantano en cuyas aguas pestilentes camina un hombre muy flaco, a decir verdad tiene muy mal aspecto, casi sin ropas y mugriento. Dreamman se acerca volando lentamente por detrás sin poner un pie en las aguas para tocarle por la espalda, pero antes de hacer contacto el misterioso hombre… éste se voltea provocando que frenase la acción. Sus ojos se mueven en todas direcciones sin detenerse en ninguna parte, pero sí da la impresión que le observa manteniendo la boca abierta casi sin dientes. La nariz muy afilada protruye acentuando el macizo facial.

Dreamman: *"¿Como esta señor, está perdido, le puedo ayudar?"*, le pregunta sin aterrizar. Estando sólo a unos pocos metros de él, éste le responde con cara de quien encontró una presa…

"¡Sí, estoy perdido…!", levanta sus flacos dedos invitándolo a acercarse, continuando: *"¿Me ayudas?"*.

Dreamman: *"¿Como se llama señor?"*, se acerca lentamente con desconfianza.

"Me llamo… ¡PATRICK FOSS……!", gritando su nombre se agacha agarrando lodo del pantano para posteriormente vertérselo encima. El lodo es pesado, pegajoso y con muy mal olor; haciendo descender a Dreamman envolviéndole entre las aguas negras. Mientras batalla intentando salir más se le impregna en su traje impidiéndole levantarse; la risa maliciosa del malvado hace eco en las ruinas que le rodean perdiéndose entre las tinieblas.

Dreamman se ve atrapado e indefenso a la vez que piensa: *"Tengo que salir de aquí, esta es una burda trampa, tengo que ser más inteligente; tengo que relajarme y pensar…"*. Cerrando los ojos hace una inspiración profunda dejándose hundir lentamente en el lodo, las grandes y espesas burbujas le van conduciendo hacia el interior de la oscuridad, mientras se le ocurre una idea que comienza a repetir mentalmente: *"El jabón y la mugre no se juntan, no pegan…, eso es…, jabón, jabón, JABÓN…!"*, repitiéndolo mentalmente una y otra vez, en la superficie de su traje se forma una película jabonosa que le permite deslizarse del pegajoso lodo lentamente ascendiendo de regreso a la superficie.

Patrick al ver que Dreamman emerge de entre las oscuras aguas comienza a gritar: *"¡MAX…, PERIQUITO…, TENEMOS UN INTRUSO…, AHHHHHHH…..!"*, al instante sale corriendo chapoteando entre el lodazal pretendiendo evadir las sacudidas que le comienza a proporcionar Dreamman al atraparle. Lo levanta en peso casi sin esfuerzo pues pesa menos que una pluma a pesar de su gran estatura; elevándolo considerablemente a lo alto de las tinieblas. Dreamman ahora piensa en unas cataratas de agua jabonosa las cuales se forman al instante. Introduciendo a nuestro sucio patán en ella por un largo rato, lo despoja de tanta suciedad acumulada, dejándolo más brilloso que un plato recién salido de la fregadora. El agua limpia ha absorbido todas las fuerzas negativas que la suciedad le brindaba a Patrick, dejando su cuerpo sin energías. De lo poco que queda del pantano emergen dos seres entre de las aguas negras, la sustancia jabonosa va consumiendo poco a poco la oscuridad sin detenerse y sin lugar a dudas la eliminaría totalmente en muy poco tiempo.

78

Al presenciar el orden que Dreamman le provee al sueño de Patrick, Max le grita dejando ver su musculoso torso sin salirse del charco de lodo por temor a no poder regresar: *"¿Quién eres intruso que destruyes a mi alimaña...?"*, señalando con su índice hacia nuestro héroe.

Dreamman: *"¡Me llamo Dreamman y sólo intento ayudar a este pobre hombre!"*. Ahora sostiene a Patrick totalmente decaído por debajo de las axilas para no dejarlo caer al vacío. Viendo que resta muy poco del negror en el lago Max se refiere a Dreamman con evidente enojo.

Max: *"¡Yo soy Max y te aseguro que nos volveremos a encontrar, a encontrar, encontrar...!"*, se va hundiendo en lo poco que queda de las oscuras aguas arrastrando a Periquito con él, repitiendo lo único que éste último sabe pronunciar. En su cara se refleja el odio y la maldad acumulada, sin pestañar no le pierde de vista hasta que se ha hundido totalmente en el pestilente lodo. El lago se torna transparente reviviendo los peces y las plantas que habían perdido sus colores; las tinieblas desaparecen totalmente. Dreamman desciende colocando a Patrick sobre una gran roca lisa que se encuentra bajo la sombra de un árbol. Le da de beber un poco de agua con sus manos al inconsciente flaco, pero al ver que comienza a reanimarse, de un salto desaparece abandonando su sueño y regresa al espacio intertubular.

Danny advierte que el conducto de Patrick ya posee otro color retornando a los tonos grises-azulados, en cambio los conductos de Periquito y Max se mantienen unidos chisporroteando y emitiendo ese sonido de un bajo (*instrumento musical*) con eco. Danny los observaba pensando que no tiene tiempo para encargarse de esos dos por ahora, pero sabe que regresará pronto para ponerle fin a sus tormentos.

Técnico: *"¡Danny, Danny, ya puede levantarse!"*, le ayuda a incorporarse de la camilla.

Danny: *"¿Cómo ha salido todo?"*, mira al técnico con temor, por si se ha movido mucho durante el proceso.

Técnico: *"¡Todo ha estado bien, no se preocupe!, después que se vista siga por el pasillo hasta el final y verá una puerta que dice laboratorio. Entre allí, que la enfermera le está esperando"*. Danny recuerda las palabras con atención, luego se levanta de la camilla, se pone la ropa y procede haciendo lo que se le ha indicado.

Pasa algún tiempo antes que Danny regresara a la oficina de Kelly, allí la encuentra escribiendo en unas historias clínicas.

Kelly: *"¿Ya..., tan pronto?"*, dice haciéndole pasar, continuando: *"Pensé que te demorarías mucho más, pero ya veo que fue rápido; debe ser que me entretuve con el papeleo"*, se acerca pasando sus manos por debajo de sus axilas hasta llegar a la espalda, luego le apoya la barbilla en el pecho. Él la sostiene suavemente del cuello estrechando sus labios. Posteriormente ella le sostiene la mano llevándole fuera de la oficina, salen al pasillo entrando en una de las puertas contiguas en cuyo rotulo se lee: *"Dr. D. Serrano"*.

David se encuentra en su oficina con las piernas sobre el escritorio, no cabe dudas que es una persona muy carismática y de muy buen humor. Al verlos...

David: *"¡Ajá...!"*, exclama impetuosamente bajando las piernas, continuando: *"Siéntense, por favor, pónganse cómodos, están en su casa"*, dice recogiendo algunos papeles apilados que tiene sobre las sillas.

Se sientan juntos frente a él con el escritorio de por medio mientras David comienza a buscar en su ordenador. El sonido que emana de su teclado antiguo no es muy silencioso que digamos. Muchas veces cuando las personas se encasillan con un tipo de tecnología les cuesta trabajo avanzar hacia una moderna, o quizá le guste el sonido que se desprende de ellas; ¡quién sabe!

David: *"¡Aquí está!, por lo menos el resultado del MRI. Esperemos que luego salgan los de sangre"*, observa el monitor achicando los ojos, diciendo: *"Por favor, pongan sus sillas de este lado para que observen esto"*. El tono de la voz no le ha gustado nada a Danny y mucho menos a Kelly los cuales cargan sus sillas llevándola muy cerca a ambos lados de David.

David: *"¡Fíjense aquí!"*, señala con su bolígrafo hacia una zona de la pantalla donde está escrito el resultado de la lectura del MRI por el radiólogo de guardia y aparecen las imágenes en un tamaño pequeño. Danny le pide permiso al Dr. Serrano para leer el documento a lo que accede colocando ambas palma de las manos hacia arriba, diciendo: *"¡Adelante!"*. Los conocimientos de medicina de Danny aunque le faltaba un año para terminar su carrera, son vastos.

Leyendo el resultado entiende de la existencia de un aumento del tamaño de la glándula pineal del cerebro que se encuentra en el tercer ventrículo, localizada en el Diencéfalo, encargada de la producción de la hormona Melatonina, conocida también como la hormona del sueño. Ésta juega a su vez un factor indispensable en la función Neuro-endocrina en un ciclo de 24 horas o ciclo circadiano.

Danny: *"¿Es esto un tumor?"*, pregunta Danny con desespero a la vez que Kelly le pone la mano sobre la espalda explicando...

Kelly: *"No necesariamente, todo aumento de tamaño es tumor, pero no quiere decir que sea maligno"*.

David: *"¡Miren!, ya llegaron los resultado de los análisis de sangre también. Veamos, veamos..."*, revisa los resultados de los análisis de sangre, continuando: *"Todo parece estar bien, sólo existen aumentos de niveles de serotonina en la sangre, lo que tiene lógica, siendo éste el precursor de la Melatonina; o sea que si esta elevado, la Melatonina probablemente también lo estará. Pero la glándula Pineal no parece estar bloqueando el acueducto de Silvio, así que la presión del Líquido Céfalo Raquídeo (LCR) debe estar normal"*.

Kelly: *"No te preocupes Danny, el Pineoblastoma, que es un tumor agresivo de la glándula Pineal, da síntomas antes de los 20 años generalmente con un aumento de la presión del*

LCR por obstrucción del acueducto de Silvio y ya vimos que no tienes eso. Sinceramente pienso que las cefaleas que has tenido son a causa de efectos adversos del tratamiento laser e irán disminuyendo paulatinamente". Las palabras de ambos lo tranquilizan bastante, es cierto que las cefaleas le han disminuido en intensidad y duración, pero lo que todos desconocen es el desarrollo que ha alcanzado su zona reticular, lo cual controla las entradas y salidas de los estados de sueño y vigilia. Danny puede pasar del ciclo uno del sueño que es el ligero hacia el REM, el más profundo sin pasar por el resto de los ciclos intermedios. Esa es la explicación de que pueda salir del túnel permitiéndole ver la compleja maquinaria que nos hace soñar. Danny se ha convertido en el único ser humano capaz de ver los sueños desde un ángulo diferente y que tenga la oportunidad de relacionarse con los sueños ajenos de una manera real.

En el pasillo Danny se despide del Dr. Serrano dándole un abrazo: *"Muchas gracias David por lo que has hecho".*

David: *"¡No es nada, con tal de quitármela de encima...!"*, exclama bromeando. Ella le levanta la mano para golpearlo rechinando sus dientes, pero David se le escapa riendo encerrándose en su oficina; quedando ambos solos en el pasillo. Se abrazan caminando hacia la salida, Danny debe regresar a casa dejándola que cumpla con sus deberes en el hospital. Le espera una larga noche hasta que su relevo la libere de su responsabilidad en la mañana.

La guardia de los oftalmólogos se mantiene tranquila, no hubo ni un caso en el servicio esa noche por lo que Kelly se dispone a descansar. Un pequeño sofá en la oficina de la doctora es su lecho hasta que termine su turno de guardia.

No deja de pensar en Danny, no siente lastima por él pero le apena mucho por todo lo que está pasando. Ella sabe que pudiese quedar ciego dentro de algún tiempo aunque alberga la esperanza de que el tratamiento laser haga su parte impidiéndolo. El cariño que siente por él ha empezado a crecer desde que se han dado la oportunidad de conocerse mutuamente, le fascina su forma de ser, lo cariñoso y sobre todo la forma en que la trata. No se había sentido así desde hace mucho tiempo. Ha tenido otras relaciones sentimentales, no muy profundas que digamos; aunque siempre le ha asustado el compromiso. Es una mujer muy independiente pero presiente que esta vez pudiese llegar más lejos, lo cual la asusta. Quisiera darse tiempo con él para conocerlo mejor, no quiere cometer un error del que pudiera arrepentirse luego; como cuando sorprendió con una amiga a ese novio que tuvo en la universidad mientras hacía la especialidad. Desde entonces se ha convertido en una persona más desconfiada, prefiriendo no involucrar los sentimientos para no salir lastimada.

SALVAJISMO

Capítulo 12

Danny ha regresado a su casa contándole a su madre todo lo que le había sucedido con respecto a su enfermedad, ella aunque hablaba con él a diario le reclama.

Madre: *"¡Danny, como es posible que no me hayas contado nada, pude estar allí para apoyarte, para cuidarte...!"*, sollozando se echa sobre sus brazos con sus ojos nublados con lagrimas, luego lo aprieta fuerte, continuando: *"¿Por qué me haces esto Danny...?"*. Él la observa con tristeza, percatándose que está ocurriendo precisamente lo que no quería, siempre le ha gustado hablar con la verdad y es por eso se había animado a contarle a su madre por muy doloroso que fuese.

Danny: *"Madre, si no te conté desde un inicio fue para no preocuparte más"*, la abraza fuertemente también, continuando: *"Yo sé cuanto has sufrido y luchado conmigo durante toda mi vida. Desde que papá nos dejo solos, te has dedicado a mi por completo olvidándote hasta de ti misma"*, la lleva hasta su cama haciéndola sentarse en ella.

Madre: *"¡Por Dios Danny!, tu nunca me has dicho mentiras y mucho menos ocultarme nada. Yo no sé que hubiese sido de mi si te pasara algo"*. Se seca las lágrimas con la blusa de dormir ya que se estaba preparando para hacerlo cuando Danny llegó a la casa dispuesto a contárselo todo.

Danny: *"¡Perdóname madre!, mi intención lejos de preocuparte era protegerte, que no tuvieses mas preocupaciones de las que ya tienes. Es cierto que fui egoísta al no comentarte nada sin saber el daño que podría causarte"*, baja la cabeza con pena en el corazón, la vergüenza y la culpabilidad le han hecho empañar sus ojos.

Su madre le alza la cabeza sosteniéndola con ambas manos expresando mucho amor en sus palabras: *"Tú no sabes bien cuanto te quiero, a partir de hoy quiero que jamás me vuelvas a esconder nada por muy malo que sea. Yo soy tu madre y te doy mis ojos si los necesitas"*. Danny la vuelve a estrechar entre sus brazos besándole la frente.

Danny: *"Lo sé madre, de eso no me cabe la menor duda, ¿Perdóname, sí...?"*. Luego de una breve pausa Danny la recuesta en la cama cubriéndola con la manta acomodándole después la almohada. Ella se acurruca de costado mirando hacia el lado opuesto de la habitación donde se encuentra la ventana. Los suspiros entrecortados después del llanto la han fatigado cerrando sus ojos. Él le pone la mano sobre la cadera dándole golpecitos con los dedos para tranquilizarla, luego la besa en el hombro, levantándose. Se dirige hacia la puerta cerrándola silenciosamente luego de apagar la luz.

Los hijos desconocen el inmenso amor con el que sus padres son capaces de quererlos, no pueden apreciarlo hasta tanto no se conviertan en uno de ellos, cerrándose así el ciclo de la vida. *"Hijos somos y padres seremos"*, éste dicho popular únicamente se logra entender cuando el ciclo se haya cerrado.

Después de la prueba de amor recibida por su madre, Danny sólo tiene cabeza para meditar sobre ello, una sensación de angustia le recorre cada rincón de su alma. Se acuesta en su cama con los brazos detrás de la cabeza aún con la ropa puesta, pensando una y otra vez sobre todo aquello que ha ocurrido en su vida. Decide irse a descansar, el dolor que le ha dejado lo sucedido no le deja pensar en su amada prefiriendo retirarse a su zona de confort para intentar dormir.

En el hospital se adentra la noche enmudeciendo casi por completo el hormigueo continuo que el centro produce durante el día. Kelly cómodamente continúa reposando en su oficina sobre el sofá. El conducto de sus sueños nos conduce hasta su edificio donde se encuentra sentada en el balcón de su apartamento en una silla con las piernas elevadas observando el maravilloso espectáculo de la bahía en penumbras. Cada lucecita de los autos subiendo o bajando el puente elevado de *"Key Biscayne"*, o de las embarcaciones que pasan de un lado a otro de la bahía con el típico sonido *"Blu, blu, blu, blu"*, de sus motores en marcha. La suave brisa con olor marino acaricia sus entornos, comenzando a sentirse un sonido fuera de la armonía normal a la que está acostumbrada. Apoyando los codos en la silla reclinable se incorpora sin lograr distinguir de qué se trata. Se pone de pie llegando hasta la baranda del balcón mirando hacia los lados donde se encuentran los demás apartamentos contiguos al suyo sin percibir nada extraño. Al mirar hacia abajo advierte que con la oscuridad no puede observar los detalles sobre la tierra debido a la gran altura. Sintiendo más pronunciado el sonido, escuchándose cada vez con más nitidez: "¡to, ito, iquito, periquito, PERIQUITO, PERIQUITO…!", repitiéndose una y otra vez. La procedencia del mismo proviene desde arriba, más el viento no le deja orientarlo adecuadamente. En sólo un instante el grito aterrador de Kelly se escucha en todo el alrededor; es arrebatada de su balcón arrastrada hacia arriba, hacia la azotea del edificio. Intenta sostenerse de los conductos de ventilación sin poder ver qué o quién le arrastra de esa cruel manera, hasta que logra agarrarse fuertemente de una tubería de agua. La fuerza con que se aferra le dobla algunas uñas hacia atrás, provocando que se soltase nuevamente; el arrastre de su cuerpo se detiene justo debajo de los gigantescos tanques de agua, sus codos y rodillas sangran debido a los arañazos recibidos. Su atacante no deja de pronunciar la maldita frase sin dejarse ver.

 Con la presencia de un poco de claridad sobre el techo mueve solamente los ojos buscando algún desplazamiento ajeno. Recobrando las fuerzas gatea en retroceso hasta llegar a la base de concreto de los tanques de agua donde intenta cubrir su cuerpo semidesnudo con la transparente prenda de dormir que la cubre, ya bastante sucia por semejante revolcada. Quedando quieta sin hacer movimiento en la esquina donde se encuentra, mira hacia los lados tratando de localizar a su agresor cuando es sostenida bruscamente del cabello. Los gritos comienzan a escaparse de sus labios pero nadie puede escucharla, esta vez si puede presenciar a su agresor repitiendo continuamente lo mismo.

Kelly queda acostada mirando hacia arriba intentando escabullirse, Periquito se arrodilla sobre el ondulado cabello presionándolo contra el suelo con sus rodillas inmovilizando de esta forma la cabeza de la asustada mujer, mientras que con las manos sujeta las de ella impidiendo que se levantase. Kelly pretende patear la cabeza del peludo susodicho que ahora se encuentra más cerca pudiendo ver como sus ojos se mueven en todas direcciones reconociéndolo inmediatamente; pero el golpe es bloqueado por la mano de Max quien agarrando con fuerza la pierna se le echa encima también apretándola y besándola alocadamente. Kelly cerrando los ojos con fuerza advierte que se encuentra en un sueño del cual no puede despertar, está siendo embestida por una mole de músculos sin poder moverse ni un centímetro. Aquel encuentro suyo con los pacientes de la sala psiquiátrica le ha costado el brutal ataque que está sufriendo.

La ropa desgarrada y ensangrentada por los rasguños malamente cubre parte de su torso al consumarse el hecho. La posición fetal adoptada sobre su lado derecho muestra su impotencia al regresar de tan impactante sueño a la vigilia. Sobre el sofá de la oficina su cuerpo yace sin fuerzas, magullado, lleno de moretones en forma de óvalos que cubren como calcomanías casi toda la extensión de su piel. La ropa en mal estado deja salir la sangre que mancha el sofá. Unas finas cortaduras sobre su delgado abdomen dejan leer las iniciales *"M.L"*, siendo la indiscutible firma del autor de una macabra y cruel obra de arte.

Estirando su tembloroso brazo alcanza el teléfono sobre el escritorio llamando al servicio de emergencias 911. En muy poco tiempo los pasillos y los bajos del hospital se encuentran repletos de policías. Las investigaciones y entrevistas al personal del hospital duraron todo el resto de la noche. Varios inspectores llegaron haciendo las mismas preguntas intentando dilucidar el problema pero siempre era la misma respuesta. Kelly afirmaba que nunca pudo ver el atacante, que se encontraba dormida cuando esto sucedió y que no pudo ver nada debido a la oscuridad, sabía que nadie le creería.

De su lado no se movió David ni un segundo abrazándola, la trataba de calmar pasándole la mano por la cabeza constantemente. Ya sus heridas han sido atendidas y cubiertas con gaza por parte de los paramédicos. Kelly no sabe qué hacer ni que pensar, decidiendo hablarle a David: *"¿Puedo quedarme en tu casa hoy?"*. Con la voz muy ronca, sin vigor y casi suplicándole.

David: *"¡Por supuesto, no faltaba más, hoy y todos los días que quieras!"*.

Kelly: *"¿No seré un problema para ustedes?"*, refiriéndose a la familia de David.

David: *"¡Para nada!, ella seguro te apoyará de igual manera sino es que mucho más por el hecho de ser mujer y comprender mejor la situación, pero de igual forma en estos momentos no se encuentra en casa; se ha marchado con las niñas a casa de su padre en Chicago por una semana"*, la abraza levantándola de la silla poniéndole su saco por encima, llevándola luego hacia la puerta de salida del hospital.

Kelly: *"No quisiera regresar a casa"*, hace una pausa y continúa: *"Al menos por el momento"*, mirándole con los ojos más tristes que si le hubiesen quitado el juguete a un niño.

David: *"¡Lo que tu decidas eso será, no te preocupes, vamos para que descanses!"*. Saliendo del hospital, se montan en el automóvil del oftalmólogo rumbo a su casa con la mañana a cuestas, dejando atrás el horror vivido en el edificio médico.

Esa misma mañana...

Suena el timbre, alguien toca impaciente a la puerta en casa de Danny. Sofía, la Madre abre asustada arreglándose la ropa de dormir, cubriéndose lo que puede.

Sofía: *"¡Ay, pero eres tú muchacho!, ¿Qué haces tan temprano aquí?"*, Pedro Pablo le abre la puerta entrando apresuradamente.

Pedro Pablo: *"¿Donde está Danny?"*, recorre con la vista todo a su alrededor de una sola vez.

Sofía: *"Está en su cuarto, todavía durmiendo si es que no lo has despertado ya con esa forma de tocar"*, le reclama frotándose los ojos, continuando: *"Pero... ¿A qué se debe esto, por qué vienes tan sofocado?"*. Pedrito la deja con la palabra en la boca y sale corriendo hasta la puerta del cuarto abriéndola de un tirón. Con el golpetazo Danny se despierta asustado.

Danny: *"¿Qué pasa?"*, pregunta desconcertado sentándose de un salto.

Pedro Pablo le hala las sábanas tirándolas sobre el suelo, se dirige al televisor encendiéndolo en el canal de noticias donde un reportero anuncia los acontecimientos de última hora.

Reportero: *"El precio de la gasolina esta mañana se ha incrementado a $4.09 por galón; es el precio más alto en la historia de la nación y aquí en la Florida..."*, continúa dando la noticia.

Danny: *"Pedrito, y tú has venido a despertarme para que me entere que subió la gasolina"*. Se molesta levantándose de la cama en dirección al baño.

Pedro Pablo le interrumpe colocando el índice delante de su boca seseando para hacerlo callar: *"¡SSSSssss..., escucha!"*, Danny no le hace caso sintiéndose el chorro de líquido cayendo en el inodoro.

Sofía aparece en el cuarto encontrando a Pedro Pablo sentado mirando atento el televisor sin pestañar, peguntándole: *"¿Quieres un poco de café mijo?"*, a lo que Pedrito le estira la mano en señal de párate ahí mismo sin despegar la mirada de la pantalla.

Reportero: *"En la madrugada de hoy, en un hospital regional de Miami..."*, Pedrito sube el volumen a todo lo que da: *"Varios carros patrulleros acudieron al llamado de emergencias 911 de una doctora del servicio de Oftalmología que fuera atacada sexualmente por un desconocido. Las autoridades investigan el hecho..."*. Danny con los ojos muy abiertos sale despacio del baño frotando los dientes con su cepillo hacia la habitación, Pedro Pablo lo mira poniéndose de pie.

Danny tira el cepillo de dientes hacia el lavamanos secándose la boca embarrada de pasta con la camiseta que lleva puesta, se la quita tirándola también hacia el lavamanos. Se pone un jeans, se calza unas zapatillas al mismo tiempo que se pone una camisa sin abrocharla, recoge su cartera, las llaves, se mete el celular en el bolsillo y sale a la carrera abrochándose la camisa mientras su madre intenta averiguar lo que sucede…

Sofía: *"¿Por qué corres así, para dónde vas?"*, Pedro Pablo le sigue los pasos.

Pedro Pablo: *"¡Luego le explicamos Sofía, tenemos que ir a ver a alguien!"*, cerrando la puerta del frente de otro tirón.

Sofía: *"¡Pero qué barbaridad!, nadie me explica nada de lo que pasa en esta casa"*. Se queda pensativa mirando por la ventana como se alejan su hijo y Pedro Pablo en el auto a toda velocidad.

A medida que Danny conduce, saca el celular de su bolsillo llamando a Kelly con desespero. El teléfono suena varias veces, por lo que tuvo que insistir.

Voz de hombre: *"¿Hola?"*.

Danny sorprendido de que un hombre respondiese el teléfono celular de Kelly, pregunta por ella: *"¿Puedo hablar con Kelly por favor?"*.

Voz de hombre: *"Kelly está descansando, ¿Quién la busca?"*.

Danny: *"Soy Danny, quisiera hablar con ella"* Se nota en sus palabras la angustia que siente.

Voz de hombre: *"Ah Danny, soy David. Kelly está descansando ahora…"*, repite nuevamente la frase que es decapitada de tajo.

Danny: *"Acabo de ver las noticias y… ¿Quiero saber si está bien por favor?"*, el nerviosismo aumenta, continuando: *"Estoy en camino a su casa…"*.

David: *"No Danny, ella no se encuentra allá, ella está aquí en mi casa"*, le vuelve a interrumpir.

Danny: *"¿Me puede dar la dirección?"*.

David: *"¡Por supuesto!"*.

Danny al darse cuenta que la dirección de la casa de Kelly está en el camino opuesto de la casa de David gira su auto bruscamente en "U", haciendo detener a todos los que vienen de frente a él, luego acelera y sale a la carrera. Pedrito se aguanta de las manijas del interior del auto abriendo los ojos más de lo que los tiene normalmente como si fuesen dos pelotas de Pin Pon (*Pin Pon = Tenis de mesa*).

Al llegar al barrio residencial en Kendall donde vive David, éste ya les estaba esperando fuera.

Danny: *"¡Dónde está, quiero verla!"*, le exige mientras David le frena poniéndole las manos en el pecho.

David: *"¡Espera, espera!, Ella está durmiendo ahora, yo creo que deberíamos dejarla descansar un poco, ¿No crees?"*.

Danny con lagrimas en los ojos le vuelve a preguntar: *"¿Pero está bien, cómo esta ella?"*.

David: *"Bueno, bastante afectada la verdad, físicamente tiene algunos rasguños y moretones"*. Se quedan pensativos cuando les vuelve a decir: *"Por favor pasen por aquí están en su casa, si lo desean pueden esperar todo el tiempo que quieran"*.

Pedro Pablo: *"Yo soy Pedro Pablo, el amigo de Danny, ¡mucho gusto!"*. Como nadie lo ha presentado, él mismo lo hace a lo que David corresponde estrechándole la mano.

David: *"Pasen, por aquí"*. Nuevamente mostrándoles el camino los instala en la salita que da hacia la terraza donde se sientan y conversan en voz baja. En ese momento Kelly se asoma agachándose a mediado de la escalera que lleva al segundo piso para poder ver quien se encuentra abajo conversando, al notar la presencia de Danny se desprende escaleras abajo. Danny que siente el sonido de alguien corriendo, voltea la cabeza advirtiendo su presencia, se pone de pie corriendo también hacia ella abrazándola fuertemente por un largo rato. La besa continuamente por todos los rincones de su cabeza mientras ella rompe en llanto.

Danny: *"¡SSSsss..., no pasa nada, ya estoy aquí para cuidarte, no te va a pasar nada!"*, Danny mira con pesar las magulladuras, rasponazos y moretones que desentonan con la piel inmaculada de su amada. Cerrando la boca con rabia contiene un grito entre dientes que no deja escapar para no lastimarla más.

Danny: *"¿Estás bien?"*, ella mueve la cabeza positivamente sin pronunciar palabra, él le limpia las lágrimas de sus ojos con la base de sus pulgares, continuando: *"Ven siéntate aquí conmigo"*, se sientan en un sofacito muy juntos. Él la abraza recostándose para protegerla.

David: *"Eh..., Nosotros vamos a estar afuera en la terraza, si nos necesitan nos avisan"*.

Pedro Pablo: *"¡Sí, aquí estaremos!"*, ambos salen a la terraza caminando juntos hacia los jardines del patio.

Kelly: *"No podía dormir pensando en lo que me había sucedido, cuando sentí voces y vine a ver"*, lo abraza con más fuerza. Danny no quiso interrumpirla al ver que continúa: *"Esto ha sido muy difícil para mí"*.

Danny: *"¡Te entiendo!, quisiera tener en frente a semejante cobarde para arrancarle las tiras del pellejo"*, le deja saber que está dispuesto a lo que fuese con tal de defenderla. Haciendo una breve pausa, continúa: *"¿Sabes quién te hizo esto, pudiste reconocerlo?"*, ella sabía muy bien quien había perpetuado tamaña acción, pero no quería hablar de algo que no le creerían, sería mejor que dejara las cosas así.

Kelly: *"Yo no pude ver nada, la oficina estaba muy oscura. Recuerdo que era alguien muy fuerte físicamente"*. Danny la acaricia con sus dedos sin indagar más, sabe que no desea continuar con esa conversación tan desagradable y no quiere insistir más en lo mismo.

Las caricias de Danny van aflojando las fuerzas de Kelly que reposa recostada sobre su pecho izquierdo arropada por sus brazos. Danny nota que se ha quedado dormida por un instante, pensando: *"Ésta es mi oportunidad de saber los detalles de lo ocurrido"*. Sin más, cierra los ojos abandonando su conducto penetrando hacia el espacio intertubular. En muy corto tiempo divisa la ampolla de Kelly a su lado penetrando en ella sin pensarlo. Al arribar a su sueño advierte que se encuentra en los jardines del edificio de Kelly, momento que utiliza para cambiar la identidad hacia el camuflaje marrón y verde. La letra *"D"* se forma desde su pectoral izquierdo ascendiendo hasta el cuello para darle la vuelta terminando libremente sobre la espalda muy cerca de los glúteos tomando un aspecto incandescente. Finalmente cubre totalmente su identidad al cerrar el cristal de su máscara para posteriormente subir por la parte de afuera del edificio volando hasta el balcón contiguo a su apartamento. Al asomarse comienza a presenciar cómo se repiten una y otra vez las escenas de lo ocurrido. Ascendiendo a la azotea observa cómo fue arrastrada hacia el tejado y todo lo sucedido allí, ya no se encuentran físicamente los agresores pero sus respectivas figuras se mantienen vigentes en el sueño de Kelly pudiendo reconocerles los rostros. Eran los mismos que había visto mientras ayudaba al hombre flaco del pantano.

Dreamman desciende apoyando sus pies sobre el techo del edificio cerrando sus manos fuertemente haciendo temblar los brazos. La impotencia y la rabia lo consumen por dentro, la "D" brilla intensamente en todo el recorrido sobre su cuerpo. De pronto…

Unos brazos le atrapan a traición por la espalda sujetándole a su alrededor impidiéndole moverse, mientras le susurran al oído: *"¡Periquito, Periquito…PERIQUITO…!"*, la última palabra es gritada con mucha fuerza provocando que girase la cabeza hacia el lado opuesto del chillido dejándole aturdido por un momento. Su cuerpo es levantado del suelo acercándolo hacia el borde del edificio. Los brazos se mantienen sujetados pero las piernas al estar libres, Dreamman las flexiona hacia delante lo mas que puede elevarlas para luego llevarlas hacia atrás con todas sus fuerzas, golpeando sobre los tobillos de Periquito. Haciéndole perder el balance ambos caen hacia delante y por consiguiente del edificio también ya que se encuentran muy cerca del borde. Dreamman logra alcanzar con una mano el filo del techo y con la otra la pierna del malvado que ya comienza a caer en picada, golpeándose con la pared del inmueble al ser retenido. Gritando despavoridamente agita las manos intentando sostenerse de cualquier cosa, pero su posición no se lo permite; la cabeza colgando hacia abajo no es muy cómoda que digamos, mientras repite con un tono asustadizo: *"¡Peeeeriiquiiiito, Periiiquiitoo…!"*. Sus palabras aunque siempre son las mismas, ahora parecen implorar piedad.

Dreamman se eleva con su majestuosa fuerza librando a su enemigo de una caída mortal soltándolo lentamente sobre el techo. Allí se mantiene repitiendo en baja voz las mismas palabras con los pelos largos que le caen sobre el rostro en una posición mahometana. Dreamman lo observa atentamente percatándose que no se encontraban solos allí, al levantar su cabeza enmascarada Kelly le observa asombrada, tirada sobre el áspero cemento que cubre el techo bajo el gran tanque de agua.

Periquito mueve la cabeza ligeramente despegando el manojo de pelos entre canoso del suelo para que le permitiese ver lo que pasaba. Advirtiendo también su presencia se levanta empujando a Dreamman hacia atrás, desprendiéndose a correr en dirección a ella cuando…

Un latigazo rojo vivo como lava le enrosca el cuello deteniéndolo en el lugar como a un perro rabioso encadenado. En un extremo del látigo se observa la imagen de Dreamman sosteniéndolo por la brillante empuñadura de la cual brotan ardientes gotas de lava. Tras una rápida maniobra su mano derecha había empuñado la parte recta de la letra *"D"* sobre su pectoral izquierdo, convirtiéndola en el látigo que sujeta firmemente el cuello de Periquito del otro extremo; reflejándose en el cristal de su antifaz, dejándolo sin habla. De un gran estirón dado a su brazo y el torso hacia atrás, levanta en peso al maleante lanzándolo hacia el vacío emprendiendo un rápido descenso, la cabeza le sigue al cuerpo dando vueltas unos segundos más tarde.

El látigo es soltado lentamente de la mano, éste comienza a recorrer el brazo ascendiendo en círculos hasta el cuello, bordeándolo para luego descender hasta el pectoral izquierdo conformando la letra "D" nuevamente, perdiendo luego la luminosidad.

Dreamman se acerca a Kelly brindándole su mano para que se levantase, ella acepta la oferta poniéndose de pie frente a su héroe tratando de reconocerlo a través del cristal, pero lo único que observa es su propio reflejo distorsionado, diciendo: *"¿Danny?"*.

Dreamman la suelta lentamente con temor de ser descubierto, respondiéndole: *"¡Me confunde señorita!, soy Dreamman y ya no debe temer a nada ni a nadie. Yo estaré contigo siempre velando por tus sueños a partir de ahora"*, posteriormente da un salto por encima de la cabeza de Kelly desapareciendo.

Regresando al espacio intertubular, el conducto rojizo que había hecho conexión con el conducto de Kelly e indudablemente pertenecía a Periquito, se mueve desinflándose lentamente y recogiéndose hacia el lugar de donde provino como los muñecos de aire que ponen en las ventas de autos, bamboleándose hacia todas partes cuando el aire se les escapa de dentro. Hacia donde se dirige no se observa desde allí, se pierde en la penumbra a lo lejos. Sin ponerse a pensar en lo ocurrido regresa del sueño, abre los ojos sintiéndose mucho más tranquilo. *"Uno menos que hace mal en mi mundo"*, piensa. Todavía tiene la preocupación de que Max aparezca provocando aún más daño, sobre todo a Kelly. Sabe que tiene que sacarse esa piedra del zapato antes que sea demasiado tarde. Danny toca a su amada suavemente con toda intención, haciéndola despertar.

Danny: *"¿Estás bien?"*, le pregunta preocupado.

Kelly: *"Sí, estoy un poco más tranquila"*, él conoce el por qué de la tranquilidad, sin imaginar que ella también estaba atando cabos sueltos: *"¡Sabes!, me he encontrado en mis sueños con el mismo héroe que mi vecino"*.

Danny: *"¿No me digas?"*, le dice haciéndose el desentendido.

Kelly: *"¡Sí!, ¿Recuerdas el muchacho que venía entrando a mi edificio con sus padres el día que me fuiste a recoger y decía que eras Dreamman?"*. Danny no sabe para donde mirar, teme haber sido descubierto por lo que se queda en silencio. Kelly lo observa fijamente comparando lo que creía ver a través del cristal de la máscara de Dreamman pero… no, no pudo descifrar nada; además… ¿Cómo le creerían tratándose de un sueño?, continuando: *"De todas formas me hubiese gustado mucho que fueses mi Dreamman!"*, dice apoyando nuevamente la cabeza en su pecho.

Danny suspira profundamente, su identidad está a salvo por el momento, diciéndole: *"¡Yo seré tu Dreamman para cuidarte siempre!"*. Besándole nuevamente la cabeza, piensa que no debería dejar que se durmiese de nuevo hasta que no haya acabado con el trabajo pendiente que tiene por hacer. En ese momento David y Pedro Pablo hacen su entrada a la salita cerrando la puerta del patio.

David: *"¡Qué calor hace afuera y eso que todavía es temprano, en la tarde caerán raíles de punta!"*. Exagera refiriéndose al inmenso calor en esos meses de verano donde en las tardes arrecia muchísimo.

Pedro Pablo: *"¡Es cierto!"*, mientras le da la razón a lo que dice observa que la pareja está más calmada, así que decide llegar hasta ellos, diciendo: *"No sé si le han hablado de mí, pero... yo soy Pedro Pablo"*, brindándole su mano.

Kelly: *"¡Ay, perdone!"*, le corresponde estrechándole la suya. Pedrito la cubre con su mano libre dándole palmaditas.

Pedro Pablo: *"No hay nada que perdonar, siento mucho lo ocurrido. Desde hoy tiene un amigo más y se lo digo de corazón"*. Retira una de las manos llevándola hacia su pecho.

Danny: *"Pedrito es como mi hermano, ya te había hablado de él. De hecho fue él quien vino a darme la noticia de lo que había visto en el noticiero esta mañana"*, estira su brazo sosteniéndole del hombro.

Kelly: *"¡Muchas gracias Pedro Pablo por su apoyo, bueno... y por el de todos ustedes! Sé que cuento con muy buenas personas a mi alrededor, Gracias nuevamente"*.

David: *"Qué bueno que te sientas así, de todas formas puedes estar más tranquila, ya la policía está investigando el caso y estoy seguro que no tardarán en encontrar al responsable"*.

Al mismo tiempo en el hospital de Miami los médicos intentan revivir el cuerpo de Luis Sosa, un paciente de la sala de Psiquiatría en la estación numero 2 perteneciente al estudio investigativo del Dr. Velutti, quien se ahoga en su propia sangre por una inexplicable ruptura de las estructuras del cuello.

CANCELADO

Capítulo 13

Ha transcurrido la tarde en casa de David. Pedro Pablo se ha llevado el automóvil para continuar con sus quehaceres y explicarle bien lo ocurrido a la madre de Danny que se encuentra muy preocupada por lo de esta mañana. Danny se mantiene junto a Kelly cuidándola de que no durmiese por el momento, cuando… suena el teléfono de Danny.

RRRrrrrrrr…., RRRrrrrrrr….

Danny: *"¿Hola?"*, responde haciendo una pausa continuando en la conversación: *"Sí, soy yo, ¿En qué le puedo ayudar?"*. Hace otra pausa más larga, respondiendo: *"¡Con mucho gusto!, ¿Me da la dirección?"*. Otra pausa prestando mucha atención a lo que le dictan, memorizándola: *"Allí estaré, no se preocupe"*, colgando el teléfonos exclama exhalando profundamente: *"Era un tal inspector Sullivan, al que le han asignado el caso de Kelly y quiere hacerme algunas preguntas dentro de un rato en la comisaría"*.

Kelly: *"¿Y tú que tienes que ver en esto?"*. Pregunta muy asombrada.

David: *"¡Sí!, ¿Qué tienes que ver en esto?"*.

Danny: *"No lo sé, pero lo averiguaremos muy pronto, les mantendré informados de cualquier cosa que pase"*. Acercándose a Kelly le da un beso diciéndole: *"No te preocupes que regresaré enseguida"*. Apoyándole la frente a la suya.

Caminando hacia la puerta Danny le hace señas a David para que le acompañase sin que Kelly lo notara, diciéndole muy bajo sin voltearse: *"Por favor David, no dejes que se duerma bajo ninguna circunstancia, te la encargo mucho, ¿Está bien?"*.

David: *"¿Por qué?, yo creo que lo mejor es que descanse"*, Susurrando pretende abrir los brazos para hacer el gesto de pregunta cuando Danny se le echa encima abrazándolo apretadamente simulando su despedida, diciéndole: *"Por favor sólo espera que yo regrese. Muchas gracias por todo y no te olvides, ¡no la dejes dormir!"*. Recalcando la frase lo mira fijamente a lo que David afirma que sí moviendo la cabeza.

David: *"Ve sin cuidado, que aquí no le pasará nada"*, responde ignorando el peligro que asecha a Kelly si el sueño le venciera.

Danny se retira de la casa de David tomando un taxi a un par de cuadras por donde pasa una avenida principal del suroeste de Miami para dirigirse a la comisaria de policías donde se encuentra el inspector Sullivan esperando por él.

Al llegar al edificio, entra por la puerta principal hacia el mostrador donde un joven sargento de la policía va atendiendo al público para diversos problemas, orientándoles hacia distintos lados como si estuviese dirigiendo el tráfico en las calles.

Danny se le acerca cuando le toca el turno: *"Tengo una cita con el Inspector Sullivan!"*.

Sargento: *"¿Muéstreme su identidad por favor?"*, Danny saca de su billetera la licencia de conducir. El sargento la toma deslizando la parte magnética de la misma en la ranura de su ordenador apareciendo la foto y los datos de Danny en la pantalla. El sargento comprueba la foto con la persona que tiene en frente leyendo algunos de los datos, luego le devuelve la identificación, diciendo: *"Puede pasar, tome el ascensor hasta el tercer piso, doble a mano derecha, es justo en la puerta donde dice interrogatorios"*.

Antes de llegar al ascensor debe pasar por el detector de metales, para lo que ha tenido que quitarse el cinto, zapatos y todo aquello metálico que portase. A Danny le da la impresión que se está yendo de viaje por el aeropuerto. Pasando el punto de requisa, toma el elevador hasta el tercer piso acomodándose la ropa mientras avanza. Llegando hasta la puerta indicada toca un par de veces entrando en la habitación donde un teniente muy forzudo le pregunta: *"¿Qué busca ciudadano?"*, las mangas de su camisa se encontraban a punto de estallar, tal parece un requisito para cada oficial que compren las camisas del uniforme una talla más pequeña para que les queden bien apretadas.

Danny: *"Busco al inspector Sullivan, tengo una cita con él"*. El teniente le hace señas de que esperase y sale caminando con una mezcla de Cowboy con Robocop en su andar hacia la puerta que tiene del otro lado de la habitación abriéndola y diciendo algo que no pude escuchar. De allí sale primero el olor a cigarro y luego la persona, un señor mayor con muchas arrugas y casi nada de labios ofreciéndole su mano en saludo: *"Soy el inspector Sullivan, ¡mucho gusto!"*. Invitándole a pasar a una habitación contigua donde hay una mesita con dos sillas le invita a sentarse en una de ellas, quedando de frente hacia un gran espejo. Ambos toman asiento y comienzan a conversar.

Sullivan: *"¿Danny López, cierto?"*, pregunta sacando unos espejuelos pequeños de su saco.

Danny: *"¡Así es!"*, afirma.

Sullivan: *"Danny, le he llamado aquí para hacerle algunas preguntas acerca de un hecho que ocurrió hoy en un hospital de Miami. ¿Dónde se encontraba usted entre la 1 y las 3 de la mañana?"*, hace una pausa preguntando nuevamente extraer la cajetilla de cigarros: *"¿Le molesta si fumo?"*, se la muestra invitándole a sacar uno.

Danny: *"¡Adelante, a mi no me molesta, pero yo no fumo, gracias!"*. Sullivan hace una mueca con su cara e inclina la cabeza hacia un lado, Danny continua: *"Bueno... a esa hora yo me encontraba en mi casa, creo que ya estaba dormido"*.

Sullivan tomando una bocanada de su cigarrillo le pregunta cruzando su pierna, mientras habla el humo va saliendo de su boca, es una acción que a los fumadores les encanta hacer: *"¿Alguien puede atestiguar lo que me está contando?"*.

Danny: *"Mi madre se encontraba conmigo en la casa, no hacía mucho que acababa de llegar del hospital pues yo estudio allí el último año de medicina. No regresaba de algo que tuviese que ver con la carrera, sino porque mi novia estaba de guardia ayer y fui a visitarla"*.

Sullivan: *"¿Cómo se llama su novia?"*. Sabe bien que aunque ya conoce la respuesta es buena práctica dejar que los interrogados hablen, por si se les escapa más de lo que deben decir y de esa manera dar pie a más preguntas.

Danny: *"Es la Doctora Kelly Méndez del servicio de Oftalmología"*, él se encuentra muy calmado, aunque le preocupa que lo relacionen con el incidente siendo inocente.

Sullivan: *"¿Sabía usted que la señorita Méndez fue asaltada sexualmente en la madrugada de hoy en su oficina por un hombre corpulento? Así lo describe la víctima y por lo que veo usted no es nada delgado"*, la pregunta molesta a Danny haciéndolo reaccionar.

Danny: *"¿Insinúa usted que yo he sido el causante de tal crueldad?"*, golpea la mesa con ambas manos.

Sullivan: *"¡No lo sé, dígamelo usted!"*, vuelve a absorber mas del humo del cigarrillo.

Danny: *"Yo no tengo necesidad de hacer nada que mi novia no quiera hacer, además estamos juntos hace un par de días. Cómo es posible que usted piense que yo sea capaz de hacerle daño a mi propia novia, ¡eso es inaudito!"*, la furia se le sale por fuera de la ropa.

Sullivan: *"¡Cálmese!, mi trabajo es hacer preguntas, yo no estoy afirmando nada"*, se levanta de la silla apagando el cigarrillo en el cenicero que tiene sobre la mesa.

Camina despacio por la habitación tomando una carpeta amarilla donde se guardan documentos extrayendo de ella unas fotos las cuales les muestra una al lado de la otra en orden de aparición. Son las fotografías de los hígados con las iniciales y la fotografía del abdomen de Kelly con las mismas cortaduras.

Sullivan: *"¿Le dicen algo las iniciales "7", "W"?"*, evidentemente Danny se da cuenta que el inspector Sullivan está cogiendo por el camino equivocado ya que él conoce de antemano de quien se trata.

Danny: *"Usted dice "7", "W", pero a mí me luce "M", "L", si le da la vuelta a las fotos podrá ver lo que digo, observándolo desde este ángulo"*, trata de exponerle su punto de vista y reorientarlo.

Sullivan: *"¡Sí, tiene usted razón!, no había pensado en esa posibilidad. Es cierto que los años no transcurren en vano, la mente y los ojos ya no están igual, con la misma agudeza"*, haciendo otra pausa comienza a caminar de un lado a otro de la habitación con una mano sosteniendo la barbilla y la otra en la cintura hablando bajo, pero se le entendía bien lo que decía: *"Esto le da un giro de 360 grados a la investigación"*.

Camina nuevamente hacia la puerta abriéndola haciendo un gesto con su brazo para que salga. Danny se levanta molesto engurruñando las cejas dando pasos rápidos. Al salir de la habitación el inspector muy tranquilamente le dice: *"Por favor siéntese en este banco y espere, que le llamaremos en un momento"*.

Danny: *"¿Me van a detener?"*, pregunta volteándose todavía más molesto.

Sullivan: *"¡No, es cosa de rutina!, hacemos unos papeleos y podrá irse, pero tenga un poco de paciencia"*, la respuesta del detective le calma obedeciendo a la propuesta de sentarse tranquilamente.

Por otra parte en el hospital de Miami...

En la oficina del director del hospital, el cual se encuentra sentado en su escritorio terminando unos documentos importantes, es interrumpido por un leve golpe de la puerta de la oficina antes de abrirse y asomar la cabeza el Dr. Velutti.

Director: *"¡Hasta que al fin aparece!"*, exclama cerrando de un golpe la carpeta de los documentos en que escribe, continuando: *"¡Pase, Pase usted doctor!"*.

Dr. Velutti: *"Gracias director"*, con voz apagada le responde entrando en la oficina sentándose sin que se lo pidiesen, para ahorrarle las palabras.

Director: *"Me imagino que está al tanto de las noticias del hospital y sobre todo las de su departamento, ¿Verdad?"*, cruza los brazos inclinándose hacia delante.

Dr. Velutti: *"¡Sí director!"*, responde más encogido en la silla que una uva pasa.

Director: *"Usted se imagina además Dr. Velutti, cómo me está acosando la sociedad médica por los escándalos ocurridos en su sala, incluyendo la muerte de su paciente..., que usted mismo aseguró permanecerían dormidos por un mes sin ningún efecto colateral"*, sube el tono de la voz poniéndose de pie. Su estatura no marca la diferencia estando sentado o sobre sus piernas, pero lo hace, continuando: *"¿COMO LES VOY A EXPLICAR LA MUERTE DEL PACIENTE?"*, esta vez le grita encendiendo el rostro al rojo vivo. La conversación se ha convertido en un monólogo, el director del hospital habla mientras el Dr. Velutti no ve la hora en que acabase.

Director: *"¡Ellos quieren hechos..., traduciendo... quieren cabezas...!"*, pausa sus palabras apoyando las manos sobre el escritorio, continuando la gritería: *"¡Y cabezas es lo que van a tener!, la suya rodará entre las fieras de la prensa, además de las respectivas explicaciones que tendrás que dar al colegio médico por lo que ha pasado, ¿ME ENTENDISTE...?"*, parece que fuese a explotar con cada grito.

Dr. Velutti: *"¡Sí, Señor director!"*.

Director: *"¡AHORA... LARGO DE MI OFICINA, SU INVESTIGACION HA SIDO CANCELADA, DESPIDASE DE LAS INVESTIGACIONES...!"*. El Dr. Velutti sale de la oficina corriendo antes de que le lanzase lo que tuviese a mano y justo antes de cerrar la puerta: *"¡AH, Dr. VELUTTI...!"*, éste regresa asomando la mirada por una pequeña hendija por la puerta entreabierta, escuchándole rugir: *"¡ESTA DESPEDIDOOOOO.....!"*. Cerrando la puerta de inmediato camina apurado sin mirar hacia los lados, sabe que los gritos se escucharon afuera provocando la comidilla del hospital en cuanto a chismes se refiere y el pasillo está bastante concurrido, desgarrando las risas de algunos.

Sin perder tiempo se dirige a la sala de Psiquiatría para recoger las cosas de su oficina antes de que hagan público su despido. Saca un cajón comenzando a empacar sus libros, documentos investigativos, bolígrafos y demás utensilios que ha venido trayendo con el pasar de los años. Al concluir, no habiendo quedando nada satisfecho conoce de donde ha venido todo este rollo; así que se decide a entrar en el salón de procedimientos aprovechando que la enfermera ha salido. Encerrándose en la estación número tres, corre las cortinas para no ser visto donde descansa el cuerpo del paciente Max Leroy.

Se le acerca al oído diciéndole: *"¡Hijo de P…, no te vas a salir con la tuya!, no te puedo matar ahora porque sería muy evidente pero de esta no te va a salvar nadie"*. Sosteniendo el frasco de SEDALAST 800, carga una jeringuilla con 10 mililitros del medicamento, le coloca una aguja fina para posteriormente abrirle los parpados del ojo derecho observando como se mueve en todas direcciones el dilatado iris ocular; luego mientras introduce la aguja en la conjuntiva muy cerca del ángulo externo del ojo, piensa que será muy difícil que descubriesen un pinchazo en la zona. Inyectándole completamente el contenido del líquido profundamente hacia la parte posterior del globo ocular, reafirma en su mente que el líquido no podía depositarlo en el suero del paciente, podrían analizarlo y descubrir concentraciones muy elevadas del mismo en el torrente sanguíneo; lo que levantaría sospechas.

Se vuelve a acercar a su oído para decirle esta vez: *"¡Púdrete en el infierno!, si me has de llevar contigo, tú te iras de la manera más terrible que te pueda dar. Quiero que te consumas en tus propios pensamientos, no me importa si luego me matas"*, el macabro rostro del Dr. Velutti se acentúa con cada sílaba, disfrutando cada pequeño momento de su estancia a la vez que recorre con su mirada todo el cuerpo de Max. Posteriormente recoge cualquier evidencia posible, saca la cabeza de entre las cortinas para garantizar que la enfermera no estuviese cerca; sin más las descubre acercándose al intercomunicador llamando al guardia de seguridad cambiando el tono de voz como una mujer: *"¡Seguridad!, ¿Puede llegarse al salón de procedimientos por favor?"*.

Guardia de seguridad: *"¡Sí señorita, enseguida!"*, el Dr. Velutti se esconde tras la puerta esperando que el guardia entre, cuando lo hace le golpea en la nuca dejándolo sin conocimiento. Arrastrándole hasta una esquina del salón no muy lejos de la puerta sale hacia el puesto de seguridad donde están todos los equipos que gravan los videos de la sala, extrayendo el actual. Regresa a su oficina recogiendo la caja con sus pertenencias donde esconde en lo más profundo de ella la cinta, saliendo de la sala como un fantasma.

Al regresar la enfermera al salón de procedimientos advierte el cuerpo del guardia. Acercándose con toda prisa lo acuesta en el suelo, le toma el pulso viendo que late su corazón y que su pecho se expande respirando; alcanza el teléfono más cercano disparando la alarma del local. El Dr. Velutti ya se encuentra en el parqueo sentado en su Mercedes Benz muy sonriente por lo bien que le había salido su plan, pensando: *"Sólo es cuestión de horas para que empiece la función, que lástima que no estaré ahí para verlo, esa es la parte triste de la historia"*.

Mientras maneja, piensa en las cosas que había hecho sin ni siquiera imaginar que la vida le estaría jugando una mala pasada y esta vez en grande… Ha sacado pasaje y no precisamente de vacaciones. Rumbo a su mansión toma la ruta de la autopista 836 que pasa justo al costado sur del Aeropuerto Internacional de Miami. Viaja a más de 80 millas por hora sin percatarse que muchas personas disminuyen la velocidad para ver despegar o aterrizar los aviones. Debido a esto la ciudad ha desplegado un separador que impide la visión de los conductores hacia la zona, pero aún siempre hay muchos curiosos.

Las pertenecías que había recogido de su oficina con el apuro de salir escabulléndose, no las depositó en el baúl de su automóvil, sino en el asiento del pasajero delantero. Al frenar bruscamente por culpa de un conductor que se entretiene observando el aterrizaje de uno de los aviones de American Airlines, ésta se desplazan hacia delante vertiendo el contenido de la caja hacia el suelo en ambos compartimentos del automóvil; precisamente donde descansan los pies de los que ocupan el vehículo en los asientos delanteros, tanto del pasajero como del chofer. El Dr. Velutti le grita improperios al conductor debido a su pérdida del control por estar viendo lo que no debe; haciéndole montar en cólera. Saliéndose hacia el carril de la derecha bruscamente, acelera aún más su Mercedes para adelantar el vehículo del entretenido conductor ubicándose detrás de un camión, de esos que va moviendo concreto en un gran cilindro de la parte posterior del mismo. Desafortunadamente, debido a una acción similar de otro conductor entretenido que viaja delante suyo, hace que su conductor frene el pesado monstruo dejando las marcadas de sus gomas en el pavimento, haciendo que Velutti tenga que aplicar los frenos nuevamente; pero esta vez sin ningún éxito. Uno de los artículos se había desplazado entre el pedal del freno y el piso del automóvil bloqueando dicha acción, haciendo que el lujoso Mercedes se estrellase contra la parte trasera del camión a toda velocidad, provocando que el concreto se vertiese encima del auto.

La autopista con todas sus carrileras fueron bloqueadas ante semejante desorden. Buenos samaritanos descienden de sus vehículos para ayudar en lo que pueden hasta que llegase la ayuda médica, la cual no se hace esperar teniendo que moverse entre el concreto esparcido. Con mucho trabajo logran extraer entre los hierros y el cemento el cuerpo ensangrentado e inconsciente del Dr. Velutti para aplicarle los primeros auxilios. El traslado hacia el mismo hospital de donde había salido minutos antes, es realizado mediante un helicóptero de rescate que aterriza muy cerca del aparatoso accidente. Debido al intenso tráfico a esa hora de la tarde es preferible este medio de transporte urgente, para evitar la congestión vehicular.

Al llegar, de inmediato le entran a la sala de emergencias donde es examinado y valoradas sus lesiones por los especialistas, éstas son más severas de lo que se pensaba, así que pasa varias horas en el salón de cirugía para controlar el sangramiento abdominal producido por el golpe que el timón produjo contra sus costillas inferiores. Luego es llevado a la sala de cuidados intensivos para comenzar la recuperación.

Dos horas más tarde, Max comienza con unos temblores incontrolables que terminan en convulsiones, haciendo que el personal de emergencias se desplazara una vez más hacia el ala psiquiátrica; llevándolo a toda prisa hacia el UCI *(Unidad de Cuidados Intensivos)*. Durante la trayectoria es entubado para garantizarle una vía aérea que no ponga en riesgo su vida debido a los intensos vómitos que comienza a presentar y de esta forma evitar una bronco aspiración. Una parálisis facial del lado derecho, así como la pierna y el brazo del lado izquierdo no tardan en aparecer, dando muestras del daño cerebral. Todo un equipo de especialistas le cae encima para tratar de salvarle la vida logrando estabilizarlo después de mucho esfuerzo, quedando con la secuela de la parálisis irremediablemente e inconsciente, ya que permanece bajo la influencia de una alta dosis del SEDALAST 800.

Más tarde, se observa un camillero trasladando la cama de Max hacia la sección de la UCI, posicionándola justo al lado de la cama donde yace también sin conocimiento el Dr. Velutti. *"¡Que ironías tiene la vida!, ¿Verdad?"*.

AL QUE LE TOCA, LE TOCA
Capítulo 14

Luego de los formalismos y burocracias en la Estación de Policías donde Danny permanece, finalmente logra salir de ella alquilando otro taxi. Está consciente que debe concluir una tarea muy importante pero peligrosa a la vez, la vida de su amada va en ello. No quiere perder tiempo, los minutos están contados; en cualquier momento Kelly podría quedarse dormida y si no se apresura puede que lo haga para siempre.

Danny va pensando y enlazando las historias que le ha contado su amada acerca del tal Max cuando lo tuvo que examinar en la sala de Psiquiatría, cuando le habló de los hombres que movían sus ojos irregularmente; los compara con los que ha conocido en su mundo de los sueños últimamente: *"Ese Max ha de ser el mismo, es demasiada la coincidencia"*, habla en voz baja mientras el taxi dobla por una esquina muy cercana a la entrada del hospital. Al llegar desciende de él luego de pagarle al chofer. Se dirige hacia Psiquiatría caminando apresurado recorriendo el laberinto de los pasillos hasta que tropieza con la reja de la entrada y el guardia de seguridad.

Guardia: *"¿Puedo ayudarle señor?"*, se manifiesta poniéndose de pie al ver llegar a Danny del otro lado de la reja.

Danny: *"¡Si, muy amable!, busco a un paciente que tienen aquí, es fortachón"*, haciendo mímica con los brazos le muestra al guardia que a quien busca posee una gran masa muscular.

Guardia: *"Bueno amigo mío, eso no me dice mucho. ¿Conoces su nombre?"*, expresa rascándose la cabeza en son de duda.

Danny: *"Max, se llama Max y si mal no recuerdo está participando en un estudio que se está realizando aquí mismo"*.

Guardia: *"¡Ah... sí, ya sé de qué fortachón me habla!, él formaba parte de un estudio; sí..., para el Dr. Velutti!"*.

Danny: *"¡Ese mismo!, pero...por qué me habla en tiempo pasado, ¿Es que ya no se encuentra aquí?"*.

Guardia: *"Sí, pero ya no en esta sala, lo han trasladado hace unas horas para la UCI porque comenzó a convulsionar"*. Danny se queda pensativo por un momento.

Danny: *"Muchas gracias, ojalá me dejen verlo en la UCI"*, le dice dando pasos hacia atrás alejándose.

Guardia: *"No hay por qué y... ¡buena suerte!"*, se despide levantando su mano, retomando su asiento.

Los pasos de Danny se aceleran en busca de la dirección más cercana hacia la UCI, el conoce muy bien el hospital y todos sus atajos. Al llegar a la entrada se encuentra con uno de los enfermeros de la unidad que se dispone a entrar en ese mismo momento mientras lee una tablilla de algún paciente, al que le pregunta: *"Por favor, ¿Podría ver al paciente Max, al que trajeron hace un rato con convulsiones desde Psiquiatría?"*.

Enfermero: *"¿Es usted familiar del paciente?"*, levantando la cabeza le mira fijamente.

Danny: *"¡En realidad no, pero...!"*, la frase es cercenada de inmediato.

Enfermero: *"¡Entonces no puede pasar!, es una directiva del hospital, sólo está permitido el acceso a familiares en esta área; con su permiso"*, sin más..., le deja con la palabra en la boca entrando por las anchas puertas hacia la el interior.

A pesar de no poder entrar y ver directamente a Max, conoce bien que por fuera de las instalaciones de la UCI existe un pasillo donde las personas pueden mirar hacia dentro y ver a los pacientes a través de los cristales, opción que opta de inmediato. Comienza a recorrer el pasillo detallando cada paciente que sus ojos pueden alcanzar, hasta que al llegar al quinto cubículo...

Danny: *"¡Bingo..., ahí está ese bastardo!"*, su mirada se clava en la figura del voluminoso hombre rodeado de tubos y acoplado a un respirador artificial. No deja de recordar lo que vio en el sueño de Kelly, como le despedazaban la ropa y era ultrajada sin dejarla defenderse. Apretando sus puños por un momento puede escuchar los gritos de su amada una y otra vez, ya de los otros dos se había hecho cargo; sólo le falta el cabecilla.

Introduciendo la mano en su bolsillo extrae su celular marcando el número de David. Se escucha el sonido de cada tecla siendo presionada en cada dígito, percibiéndose la ira con cada presionar de los botones. El sonido del auricular queda en espera... *"RRRrrr..., RRRrrr..., RRRrrr..."*.

David: *"¿Diga?"*.

Danny: *"David soy Danny, ¿Cómo estás?"*, habla por el celular sin despegar la mirada del sujeto.

David: *"¡Ah Danny!, ¿Cómo ha ido todo por la comisaría?, ¡estábamos preocupados!"*.

Danny: *"Todo ha ido bien. El inspector me ha estado haciendo preguntas, piensan que yo soy sospechoso por haber estado allí anoche hasta altas horas, pero creo haberle convencido que yo no tuve nada que ver. Yo a Kelly la quiero con todo mi corazón y sería incapaz de algo tan brutal"*.

David: *"Lo sé Danny, a pesar del poco tiempo que llevan juntos el amor de ustedes dos se les nota a millas de distancia. Estoy convencido que el causante de esto lo atraparán tarde o temprano"*.

Danny: *"A propósito David, ¿Cómo sigue Kelly?"*, desvía la conversación para saber del estado de su novia que al fin de cuentas es el motivo de su llamada.

David: *"Ha querido darse otro baño, tú sabes que cuando estas cosas pasan se sienten sucios constantemente, así que le preparé la tina con agua bien caliente y allí la dejé".*

Danny: *"Muchas gracias David por cuidarla tanto, ella es lo más importante que me ha sucedido desde hace mucho tiempo y de veras que no quisiera perderla".*

David: *"¡No hay de qué, hombre!, ella es como una hermana pequeña. Tanto yo, mi esposa y mis niñas la queremos muchísimo; así que anda sin cuidado que está en buenas manos".*

Danny suspira profundamente como si el aire fuese a acabarse, continuando: *"¿No será mucha molestia que regrese a su casa, al menos un rato más?".*

David: *"¡No faltaba más, aquí le espero!".*

Danny: *"Muchas gracias, nos vemos en un momento"*, cierra su celular todavía mirando a Max con ese brillo de la venganza en sus ojos, luego introduce las manos en los bolsillos invirtiendo los labios hacia dentro de la boca haciendo pequeños movimientos con la cabeza, pensando: *"Ya nos veremos pedazo de basura y te prometo que será muy pronto".*

Emprende el camino nuevamente por el pasillo del hospital muy pensativo, lo que vendrá no es tarea fácil tratándose de una mole como esa en un terreno imaginario donde cualquier cosa podría ocurrir pero no tiene miedo; el amor de Kelly y su sed de venganza le llenan tanto que el hecho de enfrentársele no le es de mucha preocupación. Lo que verdaderamente le preocupaba es lo que Max pudiera hacerle a su amada, así que apresura sus pasos hacia la salida para llegar lo antes posible donde ella.

Por otra parte no muy lejos de allí...

La tarde está rojiza, de las más bellas de Miami cuando el sol ya no se observa en el horizonte. Se escuchan algunas bandadas de cotorras de la florida parloteando en el aire, quién sabe si contándose lo que han hecho en el día o hablando del chisme de otras en su propio lenguaje, es realmente encantador. Ya el zumbido de los grillos se adelanta anunciando la llegada de la noche a este paraíso tropical y cerca de los innumerables canales, las ranas hacen sus coros refrescándose en las cálidas aguas que han sido hervidas por el sol durante todo el día. Los abundantes patos se refugian entre el follaje protegiendo a los más pequeños de la oscuridad que se avecina.

Se observa la silueta de un hombre delgado, no muy alto. Se encuentra sentado sobre un tronco caído observando el panorama cerca de un canal. Lleva puesto ropa que no se distingue muy bien desde la distancia, pues la vista se empaña por el vapor y el humo de una hoguera hacia su espalda; parece de esas camisas floreadas sin abotonar, un short y chancletas que muchas personas suelen usar cuando están de vacaciones por estos parajes.

Al acercarnos, no podemos distinguir bien su rostro, pero las flores de su camisa ahora se detallan mejor: son mar pacífico de colores rojos y amarillos de distintos tamaños muy bien

100

armonizados, dando la sensación de espirales en movimiento. Al girar la cabeza permite que el brillo de la hoguera le ilumine, finalmente reconociéndose al Dr. Velutti. Todo indica que nos encontramos en el refugio imaginario del galeno mientras no despierta de su estado de coma.

El entorno se ha tornado penumbroso, desapareciendo los matices que había en el cielo. La noche está muy oscura sin poderse apreciar la luna pero sí a millones de diminutos agujeros que dejan pasar la luz a través de la sábana negra que nos cubre; a la que llamamos cielo con sus estrellas. El viento ha comenzado a batir cada vez más fuerte ganando intensidad. Las astillas de madera ardiendo vuelan a gran distancia provocando que el Dr. Velutti se ponga de pie cubriéndose el rostro con sus brazos para que no le cayesen encima y comienza a moverse en círculos alrededor de la hoguera para evitarlas. De repente empieza a escuchar una risa en la oscuridad, el pulso se acelera comenzando a voltear la cabeza en todas direcciones sin poder precisar desde donde proviene la risa que conoce muy bien.

Dr. Velutti: *"¡Sal ya, muéstrate y acabemos con esto de una vez y por todas!"*, sosteniendo una estaca de la hoguera envuelta en llamas, apunta ahora hacia donde le parece que proviene el sonido de la risa de Max.

En la parte opuesta a él quedando la hoguera en el centro de ambos, la figura de aquel carnal obelisco va arrastrando una pierna con la cara paralizada de un lado, dejándose ver cada vez más cerca hasta llegar a una distancia prudencial.

Max: *"¿Qué te pasa Oscar, te asusta mi nueva apariencia?, o puedo decir… Tu creación, JA, JA, JA…"*, la ya característica maléfica risa estremece el lugar llenando de pánico a Oscar sin saber qué hacer.

Dr. Velutti: *"¡Aléjate, hijo de los mil demonios o te voy a ensartar con esta antorcha!"*, la voz quebrada por el miedo le es inevitablemente imposible de esconder.

Max: *"¡Oscar, Oscar…!"*, dice con voz potente caminado en círculos alrededor de la hoguera muy despacio arrastrando la pierna paralítica sin prisa alguna, continuando: *"No sabes cuánto estoy disfrutando este momento, viéndote así parado frente a mí sin que tengas para donde correr, ni quien te defienda"*, acto seguido le grita haciendo saltar a Oscar del susto: *"¡AHORA ERES MIOOOooo…!"*. Posteriormente continúa con su risa burlona haciendo que Oscar esté más a la defensiva que nunca, girando al mismo compas que su adversario en el lado opuesto de la hoguera.

La danza rotatoria y la risa dura por un largo tiempo, el disfrute de Max se palpa con cada movimiento suyo intentando acercarse por un lado de la hoguera o por el otro, provocando que Oscar le respondiese con el movimiento contrario; hasta que Oscar desesperado le grita…

Oscar: *"¡TERMINEMOS YA CON ESTO DE UNA MALDITA VEZ…!"*, parte de las secreciones salivales se vierten en su cara y en su camisa floreada mientras grita, mostrando abiertamente su falta de control.

Max que no le aparta los ojos de encima como un lobo a su presa, en tanto le responde: *"¡Si eso es lo que deseas…!"*, lanzándose hábilmente entre las llamas de la hoguera hasta el lado opuesto donde se encuentra Oscar, le derriba cayéndole encima aullando: *"¡AUUUuuu…, AUUUuuu…, AU, AU, AUUUuuu…!"*, cosa que hace gritar de espanto a Oscar al verse indefenso en el suelo. La antorcha que posee en sus manos es arrebatada por Max de un manotazo con el brazo que puede mover mientras lo inmoviliza con el peso de su cuerpo contra el suelo, luego dirige la deforme boca hacia un oído del galeno para decirle en un tono muy bajo…

Max: *"¡Este es el momento en que gritas y le dices adiós a tu puñetera VIDA… JAaa, JAaa, JAaa, Ja, Ja…, JAaa, JAaa, JAaa, Ja, Ja…!"*, en medio de la burlona risa y los gritos desesperados de Oscar, Max sosteniendo bien fuerte con su mano la antorcha hacia abajo se la clava por la boca enmudeciéndolo. Mientras más profundo se la introduce, las vibraciones de la voz y el sonido de la estaca envuelta en llamas al chocar con las secreciones y la sangre que brota debido al violento rompimiento de los tejidos de la garganta del Dr. Velutti, aumentan haciéndole poner los ojos en blanco impidiéndole la respiración. En la cama de la UCI la alarma ha sonado en los monitores a causa del comienzo de las arritmias cardiacas y quemaduras visibles en las márgenes e interior de la boca del paciente. El cuerpo del Dr. Velutti comienza a convulsionar bruscamente, los médicos enseguida acuden en su ayuda sin explicarse el por qué de las quemaduras. Ya la estaca ha sido introducida casi totalmente hacia el interior del cuerpo llegando hasta el abdomen, quedando una pequeña porción por donde la tiene sujeta Max. Poniéndose de pie lanza su grito de guerra, aullando nuevamente sin soltar la presa. Aún no es suficiente, sin poder mover uno de los brazos ni una de las piernas, con su fuerza descomunal eleva el cuerpo ya sin vida de Oscar con un brazo poniéndolo sobre la hoguera; soltándolo entre las llamas. La marca indescriptible de su obra como lo había hecho anteriormente, no es necesaria esta vez, todavía se observan frescas en el pecho del galeno las iniciales "M" y "L".

En la UCI el cuerpo del paciente se ha cubierto de llamas provocando el retroceso de todo el personal médico que le asiste y que se disparasen las alarmas de fuego con la consecuente lluvia interna que causan los mecanismos anti incendios una vez que estos son activados, produciéndose una evacuación de todos los pacientes hacia otras zonas no afectadas.

El cuerpo del Dr. Velutti ha quedado carbonizado sobre la cama, cubierto de una intensa lluvia. Max victorioso, observa cómo se consume Oscar en el fuego mientras le vocifera: *"¡NOS VEREMOS EN EL INFIERNO…, AUUUuuu…!"*, haciendo luego una danza arrastrando su pierna alrededor de la hoguera, descuelga el brazo sin movimiento para que cogiese el rumbo que quisiera, su saliva le corre por doquier al no poder cerrar completamente la boca debido a la parálisis facial.

En medio de la danza se detiene por un instante e irguiéndose lo más que puede, dice: *"Ya es hora de que mi cuerpo reciba las caricias de una flor tierna y olorosa, JAaa…, JAaa…, JAaa…!"*, posteriormente continúa la diabólica risa alejándose entre las sombras de la noche con la sola luz de la fogata reflejándose en su espalda. El rastro de la pierna paralítica va quedando entre las hierbas aplanadas. El cuerpo de Oscar continúa carbonizándose sobre las llamas apestando todo en derredor.

LA HORA FINAL
Capítulo 15

El camino hacia la casa de David se ha hecho más largo. Al salir del hospital Danny regresa a su casa para recoger su auto, así podrá desplazarse libremente pero no entra para evitar las preguntas que seguramente su madre le comenzará a hacer, necesita concluir este asunto lo antes posible. Tomando el camino de la autopista piensa que llegará más rápido de esa manera pero el espeso tráfico le obliga a desistir y optar por rutas alternas entre las calles de los barrios aledaños. Aunque menos transitados debe detenerse continuamente ante las señales de pare, pareciéndole interminable el viaje. Lleva sobre sus hombros una carga muy pesada, la responsabilidad de salvar a su gran amor de las garras de Max. No deja de pensar mientras maneja en la angustia de Kelly y la impotencia de no poder contar la verdad de lo que le ha pasado. Él la comprende bien, ha visto más allá de lo que ella puede imaginar. Tras el disfraz de Dreamman tiene acceso a los secretos más íntimos de cualquier persona del planeta y quién sabe si mas allá.

Mientras analiza su pasado, arriba a su presente, las puertas de la casa de David se encuentran frente a él. Deteniendo su automóvil, desciende observando el tranquilo vecindario de largas avenidas repletas de árboles enormes que proveen abundante sombra y con ellas muchísimas hojas sobre la carretera que el viento arrastra a su antojo formando grandes montículos en diferentes sitios, sobre todo en las cercas de los jardines de algunas casas donde son retenidas como peces en las redes de los pescadores.

Los escalones de la entrada de la casa son de rocas de coral muy de moda por los años cincuenta con incrustaciones de fósiles en espiral, probablemente provienen de épocas volcánicas donde quedaron atrapados; al ser seccionados para conformar las piedras de los escalones, se observan como serpentinas circulares achicándose hacia el centro.

Al tocar la puerta, el ladrido de un perro pequeño advierte de su presencia a los moradores de la mansión. No ha tenido que volver a tocar, el ladrido es constante como si quisiera arrancar a trozos la puerta. David la entreabre para no dejar salir al perro, éste introduce el hocico por la hendidura abriendo la boca, ladrando y cerrando los dientes con fuerza escuchándose el chasquido de los dientes cuando la cierra.

David: *"¡COMA, BASTA YA...!"*, le grita al animal recogiéndolo del suelo con una mano, la cual es suficientemente grande para sostener perfectamente las patas delanteras y traseras, alzándolo hasta debajo del brazo como un paquete. Es uno de esos Chihuahuas manchados en diferentes tonos de carmelita, muy gracioso. Tiene la valentía de un león en un cuerpo treinta veces menor, sus ojos saltones como pelotas no le sueltan ni un segundo.

Danny: *"¿Cómo estás David, le interrumpo?"*, apenado le lanza la pregunta: *"De veras que no quiero ocasionar molestias"*.

David retirando un poco el chucho porque es de muy malas pulgas lo cual no constituye un secreto para nadie respecto a la raza de que se trata, le contesta: *"¡Pasa Danny, estás en tu casa, pasa por favor!"*. Haciendo caso a lo ofrecido penetra por la puerta. Coma lo observa con cara de no muy buenos amigos, pero los perros le temen a las alturas y se ha mantenido callado, aunque observador. David cierra la puerta invitando a su huésped a pasar adelante.

Danny: *"¡Muy valiente Coma!, ¿Le dicen así por ser pequeño o por parecerse al signo de puntuación?"*, la pregunta es muy jocosa y ha hecho reír a David.

David: *"Ni lo uno, ni lo otro..., como aquí somos oftalmólogos le hemos llamado Glaucoma. Le decimos Coma y no por pequeño, sino porque es un dolor de ojo cuando se pone a ladrar!"*, se escucha la risa de ambos a medida que avanzan por el estrecho pasillo hacia la sala.

Al llegar Danny advierte que allí se encontraba Kelly recostada en el amplio sofá que hace esquina, por lo cual ha cambiado la expresión de su rostro. La seriedad lo ha invadido, en ese momento David recuerda lo que le había prometido antes de salir hacia la comisaria adelantándose: *"Se ha quedado dormida hace unos minutos y la verdad es que me da mucha pena despertarla después de todo lo que le ha pasado"*. La ingenuidad de sus palabras hace reaccionar a Danny que sabe que no posee tiempo para explicaciones y menos si los argumentos son humanamente inexplicables.

Danny: *"¿No le molesta si me recuesto cerca de ella y descanso también un poco?"*, le muestra señalando con el brazo el lugar donde piensa tumbarse muy cerca de ella del otro lado del sofá, en la esquina opuesta.

David: *"¡Adelante!, yo me llevo a Coma hacia arriba mientras ustedes descansan"*. Danny le da las gracias con una sonrisa sentándose en la zona indicada anteriormente, David sube las escaleras con el chucho bajo el brazo quien no le quita los ojos de encima. Cuando los pies de nuestro amigo ya se han perdido de su vista, Danny salta de su posición hacia donde Kelly se encuentra. Arrodillándose la sostiene de los hombros, la zarandea intentando despertarla, llamándola por su nombre en voz baja para que David no se entere de lo que está haciendo; no quisiera que piense mal de él.

Danny: *"¡Lo que temía...!"*, Danny la revisa para ver si tiene alguna otra marca reciente en su cuerpo, Kelly continúa sin reaccionar. Danny le toma el pulso colocando sus dedos alrededor del cuello palpando el saltar de sus carótidas durante unos segundos percatándose que presenta el pulso y la respiración más acelerados de lo normal, llegando a la conclusión que algo la está perturbando.

Sin perder ni un instante más, sabiendo que al menos la había encontrado con vida se lanza hacia el sofá nuevamente acomodándose lo más que puede cerrando los ojos. Respira profundo para concentrarse entrelazando los dedos sobre su robusto pecho adentrándose en el túnel que lo conduciría a sus sueños. Realizando la misma maniobra de otras oportunidades para salirse de él, hace que se desconecte nuevamente de la madeja quedando atado a su ampolla y libre de deambular por el espacio intertubular. A diferencia de otras ocasiones, en esta oportunidad no tendrá que desplazarse mucho.

A su lado observa como el conducto de Kelly está impregnado de color rojizo, acompañado de otro conducto del mismo color, emitiendo vibraciones audibles como las cuerdas del instrumento musical haciendo eco. Lo que está presenciando no es nada favorecedor para Kelly, está confirmando las sospechas de que su amada está siendo atormentada por alguien y de veras no quisiera corroborar lo que piensa pero si no lo hace, su vida correrá peligro. De inmediato penetra en la ampolla de Kelly desvaneciéndose, ahora los tres conductos han quedado en rojo.

Mientras va arribando al sueño, voluntariamente va cambiando su apariencia exterior. Nuevamente su piel se cubre del camuflaje engomado marrón y verde que ya le caracteriza, semejando el traje isotérmico que usan los buzos para mantener la temperatura del cuerpo en las frías aguas. El camuflaje le sirve de protección cambiándolo si así lo desea para mantenerse oculto frente a cualquier situación difícil. La letra *"D"* formada sobre su pectoral izquierdo por una especie de cuerda roja brillante va enrollándose en su cuello, quedando libre en la espalda. Le ha servido de arma defensora como una especie de látigo.

Los pies de Dreamman llegan al suelo amortiguando la caída con una flexión ligera de las rodillas. Llevando los dedos de su mano derecha hacia la cabeza cierra el cristal que oculta su verdadera identidad reflejando el entorno por su parte exterior como un reluciente espejo. Estirando las piernas observa el lugar detenidamente ansiando encontrar a Kelly. El ambiente se siente cargado, se encuentra dentro de una construcción muy silenciosa con muy poca luz, algunas lámparas de bombillas alargadas parpadean pudiendo escucharse el sonido de sus transformadores haciendo conexión intermitentemente. Nuestro héroe va avanzando por el lugar que parece un pasillo con grandes ventanas de cristales a ambos lados, pudiendo verse algunas camas en el lado opuesto, dando la impresión que se encuentra en un hospital. Abriendo las puertas va pensando que debe ver mejor sus alrededores y donde pisa, para lo cual haciendo contacto con la pared enciende uniformemente las lámparas del pasillo dejando saber quién es el amo de los sueños; que las cosas deben moverse y hacerse a su voluntad.

Atravesando algunas paredes va recorriendo de cuarto en cuarto sin resultados. Hay personas durmiendo en las camas pero no se mueven de sus lugares. Poseen muy mal aspecto, se encuentran como frisadas y pálidas. Ha perdido tiempo buscando a Kelly usando el método convencional de la visión, aún sabiendo que ni en el mundo de los sueños la suya es buena. Piensa que puede usar una técnica más sofisticada como el sonar en los peces o una especie de radar para que su cuerpo detecte movimientos a su alrededor en su afán de encontrarla lo más rápidamente posible; todo es cuestión de mover la mente y las ideas ágilmente. Estirando el brazo derecho con los dedos de la mano hacia arriba y abiertos, como haciendo una señal de Pare, comienza a girar suavemente hacia su derecha tratando de detectar el más mínimo movimiento hasta completar el circulo. Al percatarse que no ha encontrado nada asciende repitiendo la operación en el piso siguiente, encendiendo las luces a medida que va ascendiendo y así sucesivamente hasta llegar al piso trece. Allí su mano percibe una fuerte vibración frente a sí, provocando que la recogiese frotando la palma con el pulgar de la mano opuesta. Dirigiéndose hacia allí escucha el grito de Kelly: *"¡AUXILIOOOOooooo...!"*.

Dreamman se echa a correr atravesando cada obstáculo en su camino. Al sobrepasar una de las paredes llega hasta una habitación muy amplia e iluminada como un salón de cirugías deteniéndose de un frenazo. En la camilla de acero inoxidable se encuentra Kelly atada de manos y piernas entreabiertas, cubierta sólo por una sábana blanca que resalta su hermosa silueta; del lado opuesto se encuentra la pesadilla que tanto estaba temiendo. Max acaricia las piernas de Kelly con su mano móvil manteniendo la otra descolgada, quien al advertir la presencia del intruso se voltea completamente quedando en una posición defensiva.

Kelly levanta la cabeza de la camilla para ver lo que pasa pidiendo ayuda a puro grito sin notar la presencia de su salvador, el cual al darse cuenta de que nada le había sucedido a su amada, al menos todavía; recupera el aliento.

Max: *"¡Vaya, Vaya!"*, Exclama comenzando a caminar con una visible cojera posicionándose en el centro del salón, continuando: *"Dreamman, que placer tenerte por aquí"*, desliza esta vez sus dedos por el rostro de Kelly.

Dreamman llevando su mano derecha hasta su pecho sostiene con rabia la letra *"D"* por su parte recta, provocando que se vuelva incandescente como lava semilíquida; desenrollándola de su cuello. Al estirar el brazo hacia abajo el látigo queda enrollado en su mano haciendo varios círculos. Mientras gotea la lava hirviente al caer abre pequeños agujeros en el suelo, en tanto las palabras de Dreamman no se hacen esperar: *"Tus manos no son bienvenidas en el cuerpo de la señorita, así que retíralas o lo haré yo"*, el tono de su voz muestra coraje.

Al terminar la frase, Max lanza un zarpazo con el brazo muerto por encima de la camilla donde se encuentra acostada Kelly, el brazo se va estirando cada vez más intentando golpearlo, haciéndole saber a Dreamman que él no es el único que tiene poderes sobre los sueños; Max también los posee, aunque evidentemente menos sofisticados y con limitaciones. Las altas dosis de SEDALAST 800 le han permitido también desarrollar habilidades que Dreamman desconoce. El zarpazo nunca llega a golpear a Dreamman, éste evade el golpe rodando hacia un costado, quedando con una rodilla en el suelo y desde esa posición lanza dos latigazos al aire retumbando como truenos, haciendo que el agresor bajase la cabeza.

Max: *"JAAAaaa…, JAAAaaa…, JAAAaaa… ¿Eso es todo lo que tienes, Dreamman?."*.

Enrollando nuevamente su látigo Dreamman no le responde la pregunta acercándose a Kelly para brindarle su mano. Los latigazos no fueron destinados para liquidar a su oponente, sino para liberar a su amada. Las marcas que dejó sobre la mesa de acero inoxidable dan fe de sus intenciones, ha seccionado de un limpio corte las ataduras con parte del acero que compone la mesa. Kelly se sostiene de la mano de Dreamman quien la hala de la camilla en cuanto hace contacto con ella levantándola de golpe para llevarla con un movimiento de sus brazos y torso hasta detrás suyo. Manteniendo los pies en la misma posición de frente a Max, retorna el torso al frente una vez que se encuentra a salvo con él como su escudo protector. Kelly cubre su cuerpo con las sábanas sin poder despertar, la presencia maliciosa de Max se lo impide a menos que fuese expulsado del sueño.

Viendo lo ocurrido, Max se da cuenta que este no es su campo de batalla. A pesar de su gran fortaleza física si quiere obtener la victoria debe atraer a Dreamman hasta su terreno, optando por escabullirse golpeando la mesa hacia arriba partiéndola en dos con su fuerza brutal. Dreamman protege a Kelly con sus brazos cruzados en el aire para que los pedazos cayesen sobre él solamente. Aprovechando la situación, Max comienza a gritar a los cuatro vientos: *"¡A MI..., ACUDAN MIS ALIMAÑAS..., A MI...!"*, posteriormente retrocede para comenzar a correr tumbando todo lo que se aparece en su camino a la vez que va arrastrando la pierna y dando tumbos con el brazo sin control hasta alejarse lo suficiente y finalmente abandonar el sueño.

Dreamman gira hacia Kelly mirándola de arriba abajo mientras escucha que se aproximan ruidos como la marea que trae escombros. Sosteniéndola por los hombros y sacudiéndola le dice: *"¡Despierta Kelly, despierta!"*. Ella todavía sin poder creer lo que está sucediendo, cierra los ojos por un momento, respondiendo: *"¡No puedo, no puedoooo...!"*.

Dreamman imaginando prendas de vestir, cubre su desnudez con una vestimenta ligera para correr: zapatillas deportivas blancas, unos Jeans elastizados color negro y una blusa azul con un logo en el que se lee *"DREAMMAN"*. Ella lo mira asombrada por lo que ha escogido.

Dreamman la observa levantando los hombros, diciendo: *"No se me ocurrió otra cosa"*, luego la sostiene de una mano arrastrándola a toda velocidad entre los pasillos. El ruido que se aproximaba no son más que los pacientes que yacían en las camas, creados por Max para vitorearle; sirviéndole ahora de protección en su escapatoria.

Llegando hacia una esquina del hospital se dan cuentas que están siendo acorralados por las alimañas que mencionaba Max, parecían más zombis qué demonios. Dreamman llevando a Kelly hasta el rincón de la habitación da unos pasos al frente deteniendo la estampida por un instante. El tumulto se refleja en el vidrio de su máscara, la muchedumbre de caras deformes y sedientas de sangre comienzan a abalanzarse en oleadas tantos como van cabiendo por la ancha puerta. Dreamman apoyando una rodilla en el suelo, descarga su estruendoso latico sobre las piernas de los primeros en abalanzarse, haciéndolos caer drásticamente; comenzando así la matanza de los zombis. Dando saltos de cabeza rotando su látigo una y otra vez corta en pedazos a todo aquel que cruzase el umbral de la habitación, salpicando las paredes y el suelo tanto de sangre oscura como de la lava que despide su mortal arma al ser sacudida.

Kelly haciendo un esfuerzo extraordinario intenta despertar una vez más pero a veces mientras más empeño le ponemos a las cosas es cuando menos nos salen. Dreamman le continuaba gritando mientras batallaba para que no los tocasen: *"¡DESPIERTA KELLY, DESPIERTAAAAaaa...!"*, en tanto una avalancha de zombis se le vierte encima a nuestro héroe para inmovilizarlo. Al perderle de vista, Kelly cierra los ojos gritando: *"¡AAAAAAAAAAAaaaaaaaaaaahhhhhhhhh...!"*, despertando en el sofá gritando de igual manera. Su cuerpo empapado de sudor trata de reorientarse, comenzando a llorar desconsoladamente. Por detrás de su espalda siente el brazo de Danny que con la otra mano la aguanta apretándola contra su pecho: *"¡Ya, ya, SSSSssssss....!"*, fue sólo una pesadilla.

Kelly: *"¡Yo... Es... Ta... Ba...!"*, continúa lloriqueando. David al escuchar el escándalo baja la escalera velozmente...

David: *"¿Qué pasó?"*, llegando a la planta baja se pone de rodillas.

Danny: *"Ha tenido una pesadilla que la ha despertado muy agitada"*. David se pone de pie comenzando a caminar hacia ella. Danny dejando que su amigo la consuele camina hacia la puerta de cristales que da al patio pensando que debe ir a buscar a Max en ese mismo instante o no la dejará en paz. Kelly se incorpora caminando hacia Danny abrazándolo por la espalda.

Danny: *"David, ¿Le puede ofrecer una taza de Tilo a Kelly?, está muy nerviosa y necesita calmarse, yo debo hacer algo"*, se voltea abrazándola fuerte, continuando: *"Regresaré mañana en cuanto amanezca a ver como sigues, ¿De acuerdo?"*.

Kelly: *"¡No, no me dejes sola, quiero estar contigo, así abrazados!"*, se quedan ambos en una pausa.

Danny: *"Bueno, entonces te prometo que regreso tan pronto resuelva el asunto pendiente; claro, si a David no le molesta"*, le besa la frente con mucha ternura.

David: *"No, No, puedes regresar cuando quieras, sólo llámame antes de llegar para tener a Coma encerrado, para que no empiece a ladrar"*.

Danny: *"¡Esta bien mi amor!, regresaré luego y te prometo que no me voy a despegar más de tu lado, ¿De acuerdo?"*, ella asiente con la cabeza sin pronunciar palabra, mientras él le seca las lágrimas con los pulgares. Se despiden con un beso encaminándose a la salida, luego le da la mano a David que le abre la puerta y ya saliendo...

Danny: *"¡Acuérdese Doctor, una tasita de Tilo por favor!"*, y para que Kelly no lo escuchase se le acerca más al oído diciéndole: *"Ahora sí, no la deje dormir hasta que regrese"*.

David: *"¡Descuide, no volverá a suceder!"*, sigue sin percibir la magnitud del peligro al que se expone pero no le queda más que confiar en sus palabras. La puerta es cerrada con cerrojo desde el interior, los pasos apurados de Danny hacia su auto se pueden escuchar muy bien ante la quietud reinante. Entra en él, enciende el motor echando una última mirada hacia la casa y allí estaba ella observándolo con atención desde la ventana diciéndole adiós con su suave manita blanca; él la saluda enviándole un beso, posteriormente sale de donde estaba estacionado sin mucho alboroto para no remover el panal. Al doblar la esquina se detiene fuera de la carretera dejando el auto encendido con el aire acondicionado en marcha, cierra los pestillos de las puertas y reclina el asiento hacia atrás preparándose para la acción. Conoce muy bien al enemigo que se enfrenta y las repercusiones físicas que puede traerle el combate, pero debe librarlo de todas maneras o Kelly no sobrevivirá.

Al entrar al espacio intertubular inicia el camino volando velozmente hacia la zona donde se encuentra ubicado el hospital, recorriendo parte de la inmensidad de su mundo. Piensa en cuantas personas estarán sufriendo con tantos problemas al dormir o se encuentren ante fenómenos de este tipo cuando se supone que deberían estar descansando para continuar la difícil tarea de la vida al día siguiente. Continuando la trayectoria, a su alrededor puede observar muchísimos conductos rojizos de personas afectadas por sueños malévolos y que probablemente necesitarán de su ayuda en el futuro pero hoy no puede concentrarse en ello ni perder más tiempo, de hecho la batalla por venir sería la más importante que debería librar hasta el momento.

Al llegar al hospital se dirige hacia la sección de UCI donde puede divisar fácilmente el conducto de Max por su color y el impactante sonido de avioneta de fumigación que produce la vibración del mismo. Se acerca a la ampolla identificando el cuerpo de Max tendido como roca crucificada. En el espacio intertubular no puede hacerle ningún daño, debe penetrar en su sueño para combatirlo desde allí.

Danny experimenta entrar al sueño de Max por el conducto que hace la conexión con la madeja y que no fuese precisamente por la ampolla para probar una estrategia de sorpresa. Sin éxito y sin tener otra opción, no le queda más que utilizar la única forma de entrar que conoce, sumergiéndose con mucho cuidado hasta desaparecer.

En el transcurso hacia el universo desconocido de quien había causado tanto daño y muerte, piensa que debe extremar todas la precauciones para no ser sorprendido, el enemigo es astuto y un asesino que no va a escatimar en arrancarle la cabeza. Como ya es costumbre se transforma en nuestro conocido héroe de los sueños con su famoso látigo en el pecho en forma de letra "D".

Llegando al sueño sus pies tocan tierra en un paisaje árido cual desierto con la tierra cuarteada, no se observa ni una sola gota de agua alrededor. La luz es muy poca, proviniendo solamente de algunos fuegos esporádicos que emergen de la tierra tras explosiones fugaces, haciendo difícil la visión. A cierta distancia se encuentran algunos cúmulos de objetos que no pueden descifrar. Acercándose con cautelosos pasos a uno de ellos para saciar la curiosidad, descubre montones de cadáveres humanos en descomposición y esqueletos acumulados en pilas que apestan a demonio.

El sonido de los alrededores semeja al de la selva en la noche cuando los depredadores salen a cazar alborotando a las demás criaturas.

Súbitamente un aro de fuego gigantesco de alrededor de unas doscientas yardas de diámetro rodea el lugar dejando observar el deprimente panorama. Las paredes de las llamas se elevan a unos veinte pies de alto y otros veinte de grosor impidiendo la entrada o la salida de cualquiera, permitiendo observar un alto poste de madera clavado en la tierra como punto central no muy lejos de él. Encorvando su cuerpo extiende sus brazos girando para detectar el más mínimo movimiento a través de sus manos mientras camina entre los apestosos cúmulos de cuerpos, cuando… escucha una grave e intensa voz muy familiar.

Max: *"Al fin llegas Dreamman, por qué tanta tardanza…"*, Dreamman intenta localizar el origen del sonido pero parece como si rebotase en el aro de fuego haciéndolo provenir de todas las direcciones, provocando que agitase más rápido sus brazos a su alrededor ansiando ubicarlo.

Dreamman: *"Aquí me tienes Max, tu y yo solos como me querías, aquí en tu territorio"*, sigue observando y caminando sin dejar de buscar. Los soplidos de las llamas que salen del suelo cuarteado se acentúan aún más; sólo en el mismísimo infierno es posible sentir tan cargada atmósfera. Dreamman se detiene por un momento, con un brazo extendido al frente con el puño cerrado, abre la mano rápidamente provocando que se hiciera de día al instante, pero en menos de lo que pestañó, volvió a oscurecer.

Max: *"¡No,no,no... Dreamman!, aquí son mis reglas y yo digo cuándo y cómo se hacen las cosas..., JAAAaaa..., JAAAaaa..., JAAAaaa..."*, se burla de la impotencia del héroe refiriéndose a él nuevamente: *"Eres poderoso Dreamman y puedes hacer lo que quieras en los sueños de los demás, pero en los míos mando yo..., JAAAaaa..., JAAAaaa..., JAAAaaa..."*, continúa burlándose. La alta dosis de Sedalast 800 le permite un mayor control.

Dreamman: *"¡Muéstrate para que podamos enfrentarnos!"*, le grita deseoso de entrar en acción.

Max: *"¡Ah...!, eso tendrás que ganártelo, por lo pronto ve calentando con mi CENTUREX"*, tras pronunciar el raro nombre, un segmento de las paredes de fuego baja la intensidad de las llamaradas abriéndole el paso a una extraña criatura, volviendo a cerrarse una vez dentro.

No pudiendo verse la bestia desde allí, Dreamman decide subirse sobre el alto poste de madera clavado en el suelo hacia el centro del anillo de fuego. Habilidosamente llega hasta su cima donde divisa al ciempiés más raro que hubiese visto jamás: Tiene el largo de un autobús, se desplaza entre los montículos rápidamente con cien pares de oscuros y musculosos brazos con sus respectivas manos, el cuerpo está seccionado entre cada par de brazos, recubierto por una coraza negra brillante en la parte superior, pulido como zapatos de charol y tres espinas curvas orientadas hacia atrás. Las fauces están protegidas por un par de tenazas que también posee en la cola.

Se detiene en uno de los montículos para devorar algunos pedazos de cadáveres triturándolos con sus poderosas tenazas en la parte de la cabeza, sosteniendo otros trozos con los brazos traseros. Dreamman aprovecha para lanzarse del poste y tratar de sorprenderle por detrás pero al tocar el suelo la bestia le ha escuchado y eleva su cabeza, girándola hacia el lugar de donde provino el sonido. Varios montículos se interponen entre ellos, cuando...

Dreamman: *"¡Jaaa...!"*, exclama tras rodar unos cuantos metros evadiendo una lluvia de pedazos de cuerpos y esqueletos que caen lanzados por el Centurex desde la distancia. Dreamman echa a correr intentando ocultarse, desenrollando al mismo tiempo su látigo del pecho que se convierte en lava al contacto con él; luego deteniéndose detrás de algunos cuerpos mutilados, piensa: *"Estoy en desventaja contra este monstruo de cien brazos, tengo que usar otras armas que me permitan enfrentarlo adecuadamente"*. Abriendo la mano que sostiene el látigo le convierte en una sierra portátil de cortar madera, de esas que usan para podar los arboles; ésta consta con afiladísimos dientes de lava, los cuales hace girar y al acelerar la máquina despide gotas ardientes por doquier. Puede operarla con su mano

111

derecha sin tener que usar ambas, es liviana; mucho más que una sierra convencional. La acelera haciendo mucho ruido mientras la observa detenidamente, pensando: *"¡Oh si!, está mucho mejor, pero necesito más protección... ¡Un escudo, sí!, eso es lo que necesito"*, de su brazo izquierdo aparece un escudo transparente el cual mueve hacia arriba y hacia abajo, muy liviano, lo que le permite moverse con facilidad. El escudo es ovalado, de unas dos pulgadas de espesor con el borde incandescente, le cubre desde el cuello hasta las rodillas, siendo más estrecho hacia los lados.

Asomando la cabeza advierte que el Centurex se sube en forma de espiral por el mismo poste donde se había subido momentos antes llegando hasta la cima sin ninguna dificultad. No cabe duda que esos brazos le hacen muy peligroso. Elevando las fauces al aire olfatea el terreno deseando localizar la posición exacta de su oponente. Todo parece indicar que el olor de Dreamman le ha llevado hasta allí.

Dreamman piensa en ese momento que esa es una oportunidad que no debe dejar escapar, se lanza a la batalla corriendo hacia el poste de madera sin ser detectado por el raro animal. El sonido de la sierra siendo acelerada hasta el máximo desvía la atención del depredador hacia abajo, pero es un poco tarde para lanzar cualquier ataque. De una sola pasada el poste es cortado como mantequilla, cayendo con fuerza sobre el suelo, Dreamman sin dejar que se reponga de la caída ni que se desenredase del poste, aprovecha que el monstruo esta atontado sobre el suelo intentando en vano levantarse y comienza a seccionar su cuerpo desde la parte trasera; avanzando hacia delante. A medida que va cortando los trozos, el Centurex se defiende como puede lanzando puñetazos y zarpazos hacia Dreamman, pero éste se cubre muy bien con su escudo amortiguando el ataque y respondiendo con rápidos movimientos de su sierra hasta llegar muy cerca de la cabeza donde en un intento por dañar a nuestro héroe le lanza las tenazas al cuerpo. El escudo se interpone en el centro de estas, las fuerzas de las tenazas ya no son las mismas, aunque todavía las fauces arañan el escudo con los afilados dientes. Luego de haber sido picoteado casi por completo, al Centurex sólo le quedan algunos segmentos de brazos cercanos a la cabeza que con dificultad comienzan a sostener el escudo para apartarlo mientras Dreamman observa la tenacidad de un depredador para atrapar su presa; aún en los predios de su muerte. Lazando entonces la movida definitiva, Dreamman corta la cabeza de la bestia que sostiene todavía el escudo entre las tenazas, hasta que se le agotan todas las fuerzas desangrándose.

Tras un silencio absoluto por un instante, es tiempo suficiente para pensar que el anfitrión del baile no se quedará de brazos cruzados y su reacción no se ha hecho esperar…

Max: *"¡No está nada mal Dreamman!"*, la penetrante voz se vuelve a escuchar alrededor sin ninguna localización posible. Dreamman hace desaparecer el escudo convirtiendo la sierra en el látigo nuevamente, el cual se recoge hasta su posición de origen enroscándose por el brazo. No pretende derrotar a Max con armas, quiere hacerlo con sus puños para hacerle pagar la infamia cometida.

Nuevamente el aro de paredes de fuego vuelve a abrirse en una de las secciones dejando entrar esta vez a cuatro caballos con sus respectivos jinetes, son los cuatro jinetes del apocalipsis: (la alegoría de la victoria, el hambre, la guerra y la muerte). No vienen solos como aparecen en las sagradas escrituras sino acarreando un carro romano, el cual trae encima al fortachón cuerpo de Max sosteniendo las riendas que los guían. No se le observa ningún defecto físico, puede mover normalmente sus extremidades y sin parálisis alguna.

El camino se va despejando, los montículos de muertos son arrastrados hacia las orillas del círculo dejando todo el espacio libre para la batalla. Dreamman da pasos cortos de un lado hacia otro con la cabeza hacia abajo mirando atento la llega de sus contrincantes. Max descendiendo del carruaje con su torso desnudo, viste únicamente un pantalón ancho sin zapatos, acercándose a una distancia prudencial hasta detenerse frente a frente. Haciendo un movimiento con el brazo hacia arriba logra que Dreamman se detenga esperando cualquier ataque. Los jinetes del apocalipsis comienzan a desvanecerse como humo negro siendo arrastrados hasta el pecho de Max volviendo a formar parte del tatuaje que posee. Los cuatro jinetes sólo le han servido de transporte en un alarde de poder para impresionar a su oponente.

Max: *"¡Bravo...!"*, comienza a aplaudir y a caminar en una dirección que Dreamman también sigue, desplazándose así en un círculo, ambos en la misma dirección manteniendo la distancia, continuando: *" No pensé que fueras tan hábil aquí, en mis sueños!"*.

Dreamman: *"Puedes traerme cualquiera de tus alimañas y las venceré. Ellas no tienen corazón ni sentimientos, actúan por instinto, así que esa es mi ventaja... yo pienso, analizo y luego actúo. Lo sabes y por eso he logrado sacarte de tu escondite"*.

Max: *"No estés tan seguro de eso, si bien son animales, ahora estoy yo aquí para desafiarte"*. Max comienza a estirar los músculos alardeando de ellos.

Dreamman: *"Aquí puedes no aparentar el defecto físico que llevas pero yo he visto tus debilidades, no tienes ninguna oportunidad aunque estés en tus dominios"*, apuntándole con el índice hacia sus extremidades, luego lo eleva moviéndole hacia los lados en una franca señal de "NO". (*Negación*)

La frialdad de sus palabras ha provocado que Max levantase su pie antes paralítico hacia arriba para dejarlo caer con fuerza sobre el suelo, gritando fuertemente. La tierra tiembla con el golpe, la parte de ella que se encuentra bajo los pies de su adversario se levanta desequilibrándolo hacia delante, empujándolo hacia él. Éste aprovecha la oportunidad para golpearlo con el mismo brazo que yace sin movimiento sobre la cama del hospital con un puñetazo sobre la máscara, reflejando el puño en el vidrio cada vez mayor a medida que se acerca a él; enviándolo lejos. Max no se apura en acudir a rematar a su oponente, el factor sorpresa le ha proporcionado una ventaja en el encuentro. Dreamman se reincorpora observando como su adversario le muestra a lo lejos la pierna y el brazo afectado para que se dé cuenta que los tiene en perfectas condiciones, ha logrado que vuelvan a estar intactos en su sueño.

Max: *"Lo ves, no hay que preocuparse tanto por ellos"*, ambos nuevamente se acercan a una distancia prudencial.

Dreamman: *"Admito que los subestimé"*, no da su brazo a torcer. Ambos quedan mirándose fijamente emprendiendo de nuevo el movimiento circular.

Max: *"¿Quién eres en realidad que has venido a meterte en mis asuntos?"*, tranqueándose los dedos calienta las articulaciones de sus puños.

Dreamman: *"¿De veras lo quieres saber?"*, se detiene. Max también lo hace colocándose uno frente a otro, continuando: *"¡Soy la pesadilla de las pesadillas y estoy aquí para eliminarte!"*.

Un silencio sepulcral cubre la arena de los gladiadores, cuando Max repite la estrategia usada anteriormente levantando su pierna para dejarla caer furiosamente contra el suelo, acción que hace levantar nuevamente la tierra debajo de los pies de Dreamman empujándolo hacia delante. Esta vez la suerte del malhechor no es la misma, ha descuidado una de las reglas de los combates donde no se debe repetir dos veces la misma estrategia, ya no es una sorpresa y pueden estar esperando por ella. Sucediendo de esa manera, Dreamman en vez de caer como lo hizo en el intento anterior aprovecha el impulso para inclinar aún más el tronco hacia abajo haciéndole fallar el golpe. Con la velocidad del movimiento en que se aproxima hacia Max, le agarra por la cintura derribándole hacia atrás.

En la caída Dreamman se posiciona sobre el abdomen de Max sentándose en él a horcajadas para comenzar golpearlo con sus puños de derecha a izquierda. Max reacciona pateándole la espalda con uno de sus poderosos muslos, haciendo que rodase hacia el frente, aprovechando la ocasión para ponerse de rodillas. Dreamman al no poseer tanta masa muscular es más ágil, su habilidad para ponerse de pie únicamente es comparable con la de los gatos, retornando rápidamente para responder con una patada en pleno rostro de Max. En la UCI el cuerpo del musculoso hombre ha comenzado a sangrar por la nariz y la boca, nuevamente movilizando al equipo médico. Sus signos vitales se han disparado en los monitores sin ninguna explicación para los presentes.

Max cae al suelo quedando con la cabeza hacia abajo intentando reincorporarse pero se encuentra un poco aturdido, comenzando a sacudir la cabeza. Dreamman se acerca nuevamente con la esperanza de volverlo a tumbar, cuando Max hace un giro de su torso golpeando ahora con el dorso de su puño en la cabeza de Dreamman haciéndolo caer de inmediato, ese golpe ha sido como el de un martillo al yunque. Dreamman cae con su espalda sobre el suelo, Max con su enorme fuerza lo levanta agarrándole del cuello con una sola mano sin que pudiese afincar los pies sobre el terreno; reflejándose nuevamente en su máscara el rostro del agresor mientras es levantado en peso. Dreamman reacciona sosteniéndole la muñeca con ambas manos para evitar el ahorcamiento.

Con una maniobra maestra Max gira el cuerpo de Dreamman dándole una media vuelta para que de esta forma le quedase de espaldas aún sin soltarle. Posteriormente pasando el brazo libre por encima del hombro de su adversario, transfiere la acción soltando rápidamente la garganta para desplazar la mano agarrándose del brazo contrario. Apretando ahora la garganta con el antebrazo como una anaconda sobre la tráquea de Dreamman, la mano libre que se encuentra elevada pasa a sostener la cabeza por detrás; cerrando así la llave estranguladora. Dreamman está atrapado, intenta zafarse dándole codazos al abdomen pero los garrotes que rodean su cabeza le aprietan muy fuerte. En el auto Danny comenzaba a luchar contra la sed de aire sin despertar. La boca de Max queda justo por detrás de la oreja de Dreamman. Max le da pequeños golpecitos de compasión con los dedos sobre la cabeza, comenzando a hablarle…

Max: *"SSSSsssssss…, mientras más te resistas, mas rápido te irás"*, hace una pequeña pausa continuando: *"Ahora cuando ya no estés, voy a visitar a tu protegida, esa dulce y jugosa fruta para comérmela todos los días… JAAAaaa..."*.

Dreamman no le deja continuar la risa cuando…, empuña su látigo pegándole con el cavo tres veces seguidas en la frente, haciéndolo aflojar un poco la constricción del cuello pero sin soltarlo totalmente. El látigo con sus colores rojos y amarillo intenso por la lava, hace relumbrar el suelo cuando el movimiento hacia arriba del mismo guiado por la mano de su dueño se estrella en la espalda de Max permitiendo que abriese los brazos por el dolor. Soltándolo de inmediato se revuelca en el suelo como una sabandija. Dreamman da unos pasos hacia delante para librarse de la presión que infligía la mole a su espalda. Recobrando el aliento se voltea viendo como se retuerce queriendo llevarse las manos hacia atrás. Max intenta reponerse apoyándose en sus brazos, colocándose de rodillas con dificultad; luego apoya un pie para levantarse dejando todavía una rodilla hincada sobre la árida tierra, cuando… Con inmensa furia eleva sus brazos hacia arriba invocando que comenzaran a salir los jinetes del apocalipsis de su pecho. Dreamman sabiendo lo peligroso que esto sería para él, pues estaría en amplia desventaja, llevando el látigo hacia atrás arremete un fuetazo dándole una vuelta completa al pecho de Max imposibilitando la salida de los corceles; los cuales batallan relinchando para poder escapar. Sin perder tiempo, Dreamman corre de frente hacia Max apoyando un pie sobre la rodilla que se encontraba elevada, el otro pie lo coloca sobre la cabeza para finalmente dar un gran salto. Sosteniendo el látigo por la empuñadura con ambas manos, en el aire hace el movimiento de un samurái bajando con todas sus fuerzas la catana, seccionando el cuerpo de Max por sus pectorales. En el hospital el médico que asiste en la auscultación del paciente, queda bañado en sangre en el instante en que el cuerpo se separa en dos porciones, tumbando del susto al galeno contra la cama del enfermo contiguo.

De inmediato el siniestro escenario desaparece dejando a Danny en el espacio intertubular una vez que se perdiera la conexión de Max con la madeja. Se encuentra muy cansado, pero a su vez satisfecho de haber podido terminar con la amenaza que Max significaba; no sólo para su amada sino para toda la sociedad que no podría explicarse el por qué de los muchos fenómenos que estaban ocurriendo en la ciudad.

Danny regresa muy fatigado de su sueño, observa en el retrovisor de su auto algunos moretones en su cara que trata de arreglar quitando pequeñas hilachas de sangre sobre alguno de ellos. Cogiendo su celular llama a su madre para aliviarla de las preocupaciones que pudiese tener, ya que no ha estado en todo el día por la casa y de seguro que se encontraba muy angustiada. Enciende el auto regresando a casa de David muy despacio pensando en la escusa que diría, se detiene fuera y lo llama desde su celular haciéndole saber que ya ha arribado.

David abre la puerta exclamando al verle: *"¿Que te ha pasado muchacho?, ¡mira cómo estás!"*, le hace pasar llevándolo del brazo hasta la sala donde se encontraba Kelly, que al verlo...

Kelly: *"¡Danny!"*, exclama corriendo a su encuentro abrazándolo fuerte: *"¿Que te ha ocurrido?"*.

Danny: *"Fui a encontrarme con mi madre y me detuve en una esquina viendo que asaltaban a un hombre, me baje del auto y corrí en su ayuda pero eran muchos y estaba ya oscuro. Logré que se alejaran pero siempre me tocó una parte a la hora de repartir los golpes"*.

Kelly: *"¡Por Dios Danny!, mira como te han dejado, ven y siéntate para ponerte un poco de hielo en esos moretones"*. No existe nada más reconfortante en este mundo para Danny que sus heridas fuesen sanadas por personas que le quieren y sobre todo por la mujer que ama.

David recorre la cocina trayendo varios cubitos de hielo envueltos en una toalla, Kelly sentándose en el sofá invita a Danny a acostarse, éste recostando la cabeza sobre sus muslos se deja curar. David se sienta en el butacón observando como él se quita la fría toalla de su rostro y se la pone a ella en sus magulladuras, así se van turnando mientras ríen como tontos.

EN MARCHA

Han pasado varios días, Danny se ha convertido en un nuevo hombre con diferente forma de pensar y actuar, el círculo de personas importantes para él ahora se ha agrandado más con la llegada a su vida de Kelly y el doctor David Serrano. Siente que tiene muchas cosas de que preocuparse como es el caso de su estado de salud, la incertidumbre de pensar que se está quedando con poca visión, la cual continúa detenida en un 60 porciento gracias a la cirugía practicada por su novia. Se siente bendecido de ser tocado con el don de poder trasladarse a ese mundo nuevo, a la otra parte del los sueños que desconocemos con repercusiones en nuestro mundo material. En estos mismos momentos se encuentra en su casa envuelto en el sueño de su amada, aplicándole una terapia para aliviarle las vivencias desagradables del pasado. La ha llevado hacia un parque transformado en Dreamman, sentándola en un banco, haciendo aparecer las imágenes de sus agresores, haciendo que sienta un poco de miedo al principio pero al verlos arrodillados ante ella pidiéndole perdón y lloriqueando con la cabeza en el suelo como si fuesen los esclavos de Cleopatra; el miedo se le va pasando. Dreamman se acerca parándose encima de sus espaldas como acto circense, les va golpeando el trasero con la fina rama de un árbol haciéndolos avanzar de rodillas hasta una jaula donde los encierra. Cargando la jaula la deposita sobre un camión de la policía que se los lleva a prisión. A pesar de ser una mentirilla piadosa por parte de Dreamman, le ha devuelto la esperanza de volver a soñar algún día sabiendo lejos a los malhechores y a su vez sirve de ejercicio para el futuro de nuestro héroe de los sueños, teniendo mucho por hacer todavía.

El inspector Sullivan luego de muchas averiguaciones no ha podido dar con la verdad de las cosas y no es para menos, quien se va a imaginar algo semejante, teniendo que archivar los casos del psiquiátrico como casos sin resolver.

El cuerpo del Dr. Velutti fue reclamado por un pariente de Texas para ser enterrado allí, toda su fortuna al no poseer un testamento vigente ha pasado a las manos de ese familiar que parece ser un primo lejano, siendo el único que se le conoce. No obstante en el hospital, en su homenaje han mandado hacer una placa que cuelga ahora en el pasillo principal de la sala de Psiquiatría por sus logros científicos.

El Dr. Serrano continúa en el hospital, ahora arrastrando con dos tórtolos enamorados, disfrutando de una vida muy feliz con su esposa, sus hijas y el fastidioso Coma.

Pedro Pablo visita muy frecuentemente con su pareja la casa donde se han ido a vivir Danny y Kelly en un barrio sin mucho lujo pero muy tranquilo del suroeste de Miami, en una pequeña casita con jardines y un canal en el traspatio donde se sientan alrededor de una mesita con sillas a disfrutar del atardecer con una botella de vino tinto, unas velas y grandes copas de finísimo cristal.

Danny con gran esfuerzo ha logrado terminar la escuela de medicina graduándose con honores, ahora tiene propuestas importantes para hacer una residencia de Medicina Interna en Nueva York, pero ha preferido quedarse en la Universidad de Miami haciendo una residencia de Pediatría pues los niños son su pasión; además para quedarse cerca de su madre, la cual vive hoy muy orgullosa de su hijo no muy lejos de él.

Es de noche y la pareja está en la cama. Kelly descansa su cabeza sobre el pecho de Danny ya dormida, pero él se encuentra despierto pensando: en lo feliz que se encuentra, en las cosas que ha logrado con mucho esfuerzo y valentía, ayudando a muchas personas, sobre todo a los más pequeños con sus pesadillas.

Danny pensativo se acomoda reflexionando sobre un tema que atrae su atención desde hace mucho: *"Sé que no soy el único en esta situación de aparecer en sueños ajenos, pero... ¿Seré el único en viajar a través del espacio intertubular, por qué se podían conectar de esa manera los pacientes del hospital con tanto poder sobre las otras personas?".* Tantas preguntas no pueden ser contestadas por ahora pero guarda las esperanzas de encontrarles una respuesta lógica en un tiempo no muy lejano sin imaginar que las respuestas se encuentran a unas pulgadas de él. Kelly definitivamente si se imagina por qué los pacientes se comportaron de esa manera al conocer del estudio del Dr. Velutti.

Cerrando los ojos penetra al espacio intertubular con tanta facilidad como le resulta respirar, mezclándose entre los cientos de miles de conductos de soñadores que pudieran necesitar de su ayuda. Va acariciando los conductos con sus manos a medida que se aleja de su ampolla patrullando el entorno dejando la estela lumínica detrás, siguiendo el sonido proveniente de los conductos de los más atormentados por sus pesadillas. Pero… no se apuren que la ayuda ya está en camino, Dreamman ha venido a aliviarles y hacerles descansar.

 No muy lejos de su hogar en el puerto marítimo de Miami, un barco con bandera del Congo ha arribado con un cargamento inusual. Se van descargando grandes contenedores de mercancía que son inspeccionados minuciosamente por las autoridades de la aduana en busca de posibles cargamentos de contrabando de drogas u otro tipo, sin imaginar que al abrir las cajas de madera, en su interior se encuentran centenares de miles de bolsitas de "TE" bien empacadas, donde en los rótulos de sus etiquetas se puede leer:

"TE RELAJANTE DE ASTELEFLEX PENDULA", la misma planta de donde se extrajo el SEDALAST 800 para ser utilizada en los pacientes del Psiquiátrico. Dando inicio de esta manera a una nueva era en los sueños de la humanidad.

FIN